Velórios

Velórios

Rodrigo M. F. de Andrade

Cosac & Naify

A Cosac & Naify agradece a todos pela gentil cessão dos direitos de publicação.

Projeto de capa: Rex Design
Projeto de miolo: Jussara Fino

Dados Internacionais de Catalogação na Publicação (CIP)
(Câmara Brasileira do Livro, SP, Brasil)

Andrade, Rodrigo M. F. de
Velórios / Rodrigo M. F. de Andrade. — 3ª ed. rev. — São Paulo: Cosac & Naify, 2004.

ISBN 85-7503-293-3
1. Contos brasileiros I. Título.

04-1674 CDD-869.93

Índices para catálogo sistemático:
1. Contos: Literatura brasileira 869.93

Cosac & Naify
Rua General Jardim, 770, 2º andar
01223-010 São Paulo SP
Tel: [55 11] 3218-1444
Fax: [55 11] 3257-8164
www.cosacnaify.com.br

Atendimento ao professor: [55 11] 3218-1466

Velórios: A vida dos homens•

Nota-prefácio de Pedro Dantas••

Embora se saiba que Rodrigo M. F. de Andrade não considerava com simpatia a idéia de uma reedição de *Velórios*, a verdade é que a iniciativa de colocar o livro, pela primeira vez, ao alcance do público, vem atender a uma irresistível exigência da cultura brasileira, que não poderia privar-se por mais tempo do acesso a uma obra tão significativa. Não se justifica absolutamente, no caso, a reação de constrangimento que, a esse respeito, Rodrigo sempre manifestou. Era ele adverso, por temperamento, à ampla divulgação da sua obra pessoal, à exceção, talvez, dos trabalhos sobre matéria de interesse público, do tipo dos que elaborou para o "seu" Serviço, hoje Instituto do Patrimônio Histórico e Artístico Nacional. A reedição de *Velórios*, entretanto, aparenta-se de algum modo a esses trabalhos, pois que se trata, aqui também, de recuperar, para o leitor de hoje e para os pósteros, algumas obras de uma arte dita alta e pura, que marcam, na história das nossas letras.

• Publicado em *Velórios*, 2ª ed., José Olympio, RJ, 1974.

•• Pseudônimo de Prudente de Moraes, neto.

A publicação do livro não poderia suscitar, da parte do autor, o argumento de imaturidade que tem levado tantos conspícuos escritores a renegar ou deixar de acolher entre suas obras definitivas as que julgam assinaladas por excessivo verdor juvenil. Ao produzir *Velórios*, de há muito que Rodrigo era escritor na plena posse dos seus recursos, como o texto comprova. Tinha o espírito amadurecido no convívio dos seus mestres preferidos — mestres de estilo e mestres dessa arte especial e difícil de auscultar a vida, sem a qual não se atinge o plano do permanente, em literatura. Os contos de Rodrigo situam-se tranqüilamente nesse plano, formando um apanhado de pequenas obras-primas. De fato, nas cento e poucas páginas do volume não há uma só a que não se ajuste perfeitamente esse título.

Foi, aliás, como desde logo, classificaram a estes contos, os privilegiados leitores da sua restrita edição original. Hoje, temos o decurso do tempo a confirmar-lhes a excepcional categoria. Nas quatro décadas e meia transcorridas desde a sua composição, mudou a face do mundo, mudou, sob vários aspectos, o sentido da vida, mudaram as tendências do espírito havidas por definitivas, mudaram de feição, e de escala de valores, as artes e as letras. Bem diferentes, por certo, são os contos que ora se produzem. Mas, a leitura atual destes, de Rodrigo, parece acrescentar-lhes, ao poder de encantamento, a própria perspectiva do tempo, acentuada em certos pormenores que os situam nos anos 20, com algumas ressonâncias das duas décadas anteriores. Esses pormenores, que conservam o viço originário, valorizam-se liricamente pelo próprio afastamento em que se esfumam. Demais, eles não desqualificam a essência dos contos, que é permanente e subsiste através das mutações circunstanciais, capaz de resistir às "idades", pois que se funda em notórias invariáveis da alma humana.

A desprendê-las, essas invariáveis, numa visão penetrante que vai aos mais recônditos escaninhos e aos mais surpreendentes mecanismos do comportamento, Rodrigo dedicou-se sempre, como observador atento, curioso, compreensivo, sagaz. Fazia-o cotidianamente como homem, e foi o que o levou a registrar alguns casos marcantes, como escritor. A fixação temática sugerida pelo título da coletânea, não parece, entretanto, satisfatoriamente explicada nos termos propostos pela epígrafe de Montaigne — clássico da predileção e da intimidade de Rodrigo —, pois nestes *Velórios* o que mais importa não é a morte dos homens, é a sua vida. Vida pregressa dos velados, a emergir de um passado próximo, apenas cessado o seu decurso, parcialmente reconstituído segundo os sobreviventes. Reações desses sobreviventes mesmos, abalados em sua vida, mais ou menos dramaticamente. Em suma, é sempre de vida que se trata, nesses contos construídos ou captados a partir da *mort de quelqu'un* (há no livro exemplos de um e de outro tipo de elaboração).

Nos dramas em si mesmos, nenhuma ênfase, como também não há ênfase nos processos de narração. Nem os casos são escolhidos e relatados pelo que tenham de impressionante e incomum. Pelo contrário, é o morno cotidiano que neles predomina, sem heroísmo e sem tragédia. O próprio suicídio de Seu Magalhães, cujas causas e conseqüências têm tudo para prestar-se ao tratamento *en bravoure*, é mantido no tom abafado, característico de Rodrigo, sempre infenso aos coloridos vivos, ao pirotécnico, ao espetaculoso, que apreciou muita vez nos outros, sem os adotar para si mesmo. O escritor não deixa sua meia-voz, mesmo quando personagens gritam. Técnica admiravelmente adequada ao ambiente, às conversas, às ocorrências de velórios e talvez uma das razões da escolha desse lugar-comum para todas as narrativas.

Análoga inclinação ao "claro-escuro" na forma literária, sempre discreta em sua elegância, da primeira à última página do livro, que é toda uma lição de estilo. Nenhuma demasia como nenhuma insuficiência e nenhuma impropriedade. O texto não é seco, é enxuto, é funcional, é exato. Admirável, porque simples e puro, direto, desataviado, sem nos dirigir apelos de compromisso sentimental ou sinais de cumplicidade subentendida. O escritor não se exibe em demonstrações de virtuosidade, como tantos, e dos melhores, às vezes fazem, mas vai direto aos fatos e, se tem alguma preocupação visível, é a de enunciar com propriedade o que conta. Antes será severo consigo mesmo, do que tolerante e concessivo. Se de tal procedimento resultam finura, graça e elegância para o conjunto, é pelo equilíbrio e o gosto apurado de um como classicismo dos nossos dias. Rodrigo é estilista admirável, porque sabe aparar todas as rebarbas, como para vedar-nos o caminho mais fácil para a admiração. Foi de atitudes assim, aparentemente negativas, que se fez o produto positivo de uma excepcional contribuição à literatura brasileira, qualitativamente comparável ao que de melhor já pudesse ter produzido.

Tais como esboçados e pressupostos em *Velórios*, os valores da vida sofreram ultimamente o embate de profundas revoluções culturais. Muitas coisas se passam por outra forma, ou são vistas por outro prisma, no mundo deste final do terceiro quarto do século. Será preciso, talvez, desligar-nos, pela imaginação, destes dias que correm, para entender, por exemplo, a "Iniciação", nos termos perturbadores em que nos é apresentada no livro. Ou para sentir melhor as razões da desinteligência que arrastou até a beira do ódio os filhos, tão unidos, de D. Guiomar. São condutas que "datam", como acontece igualmente a certos elementos da paisagem urbana, à evolução de algumas doenças e ao respectivo tratamento. O essencial, nos contos de Rodrigo, como é próprio das obras de categoria, sobrenada, porém, a todas as ondas. Não fosse assim, estas afetariam também, e mais profundamente ainda, por exemplo, a Machado de Assis.

Rio, dezembro de 1973.

VELÓRIOS

Et n'est rien de quoi je m'informe si volontiers que de la mort des hommes.

Montaigne

D. Guiomar

José não tinha energia para se desprender da namorada. Continuava a retê-la com o desespero de um viciado consciente de sua degradação:

— Só um pouquinho mais. Amanhã eu não posso vir.

— Não. Eu preciso entrar. Mamãe já me chamou duas vezes. Amanhã você me telefona.

Àquela hora da noite os bondes passavam a toda velocidade pela rua General Polidoro, como se os motorneiros quisessem afastar da vista o mais depressa possível as grades do cemitério.

José apertava a moça contra a parede da casa baixinha e feia, segurando-lhe os braços quase com raiva, para não deixá-la escapar:

— Só um pouquinho mais. Não seja ruim.

Mas a namorada desvencilhou-se dele de repente, num impulso irritado:

— Você me machucou. Eu vou entrar. Adeus.

Bateu a porta brutalmente. Ele ficou parado, ouvindo-lhe os passos rápidos até se perderem no fundo da casa fechada e hostil. Durante alguns minutos permaneceu imóvel, num despeito que o levaria às piores violências se tivesse ao alcance das mãos aquele corpo insubmisso que havia pouco ele retinha e afagava com amor. Lentamente, porém, foi recuperando a calma e se afastando dali em direção à rua Real Grandeza. Remoía a humilhação enquanto caminhava. Não tinha intenção nenhuma de voltar àquela hora para casa, mas quando deu acordo de si já transpusera o portão e o fechara por dentro a cadeado.

— É você, Zezé?

— Sou eu sim, mamãe. A bênção.

Ele queria evitar conversas. Passou na ponta dos pés pela porta do quarto do irmão e, mal se despiu, meteu-se na cama sem lavar o rosto nem escovar os dentes, achando que nada disso valeria a pena. À meia-luz que penetrava pela janela aberta, via a pintura grosseira das paredes e pela primeira vez sentia-se decaído, naquele quarto ordinário, naquela casa de parede-meia da rua Real Grandeza, moído de ressentimento pela humilhação que lhe infligira aquela namorada de uma vulgaridade irritante.

De fato, até então ele não se tinha apercebido do declínio social de sua família, principiado bruscamente desde que o pai adoecera.

Poucos anos antes, ela pertencia ainda à classe mais abastada e vivia com opulência num casarão da rua Marquês de Olinda, meio escondido por trás de um jambeiro enorme.

Dois sofás antigos de jacarandá na sala de jantar impunham intimidade às visitas, predispondo-as para as longas conversas descansadas depois das refeições. Ali é que o velho Teotônio mais se comprazia, orgulhoso de sua cozinha confiada a uns mulatos suscetíveis e capazes de grandes virtuosidades. Brilhava muito ao fazer as honras da casa, discorrendo sobre assuntos apropriados com uma técnica de conferencista. As visitas saíam sempre deliciadas com sua conversa e com a amabilidade extrema de toda a família. Mas sobretudo seduzidas pelo brilho de Teotônio.

Na intimidade familiar, porém, ele seduzia muito menos. Timbrava em manter em casa uma autoridade áspera, perante a qual todos os seus tinham de se curvar passivamente. A esse respeito Dona Guiomar precisava mostrar-se tão submissa quanto os filhos e quando, a alguma palavra sua, o marido a repreendia com um olhar, ela se perturbava como qualquer das crianças. Mas a perturbação lhe resultava mais de uma espécie de medo físico que de outra coisa, pois Teotônio nunca lhe pôde inspirar o mínimo respeito.

Desde os primeiros tempos do casamento ele fôra dado a mulheres, com a peculiaridade de aproximar da família as suas conquistas por meio de expedientes diversos. Quanto a isso Dona Guiomar nunca se iludiu: acompanhara sempre as iniciativas de Teotônio com bastante perspicácia, embora não lhe ocorresse absolutamente protestar contra aquela infidelidade quase à sua vista. Não lhe passava pela cabeça reclamar, porque a autoridade que o marido lhe impunha era incompatível com a menor veleidade de reação da parte dela, pelo menos frente a frente. Pelas costas, porém, costumava censurá-lo com grande desenvoltura, ridicularizando aquelas manobras complicadas que ele empreendia para aproximá-la das rivais. A esse respeito, quando lhe ocorria qualquer observação, não escolhia absolutamente os interlocutores: tanto se dirigia aos filhos, quanto às copeiras e aos cozinheiros. Mas em nada que dizia punha acrimônia, porque havia nela uma tendência incoercível para a ternura, pronta a manifestar-se de mil maneiras graciosas:

— Dona Guiomar, a senhora pôs hoje um vestido muito bonito.

— São seus olhos, meu amor.

À hora de deitar-se, despedia-se de cada filho e de cada pessoa da casa obedecendo a um ritual cheio de carinhos:

— Passe bem a noite. Passe bem a noite. Tenha bons sonhos. Se precisar de alguma coisa, me chame. Muito obrigada de tudo. Muito obrigada de tudo.

Todavia, de certa altura em diante, as observações e os conhecimentos de Dona Guiomar sobre as aventuras de Teotônio avultaram e se coordenaram de tal sorte, que chegaram a constituir uma ciência. Ela tinha uma inteligenciazinha pueril, mas a experiência fê-la aprender algumas leis que presidiam à sucessão dos acontecimentos na história das conquistas do marido. Foi assim que verificou existir uma relação necessária e inelutável entre as manifestações de apreço e confiança que lhe tributavam as amantes de Teotônio e a aparição iminente de uma nova rival que as suplantava. E, de fato, enquanto elas conservavam o predomínio, mantinham-se reservadas e apenas friamente corteses para com Dona Guiomar. Mas, à medida que Teotônio ia se desinteressando delas, principiavam a se achegar cada vez mais à esposa legítima, até que, com a entronização efetiva de alguma competidora, davam a Dona Guiomar provas ardentes de simpatia, ao passo que se empenhavam junto dela em comprometer a mulher que as houvesse preterido.

Dona Guiomar não se irritava com aquilo. Achava apenas a princípio esquisita e desagradável a atração que notava exercer sobre as rivais caídas em desgraça:

— Não sei o que é que a Fifina deu pra achar em mim. Ela já veio me ver duas vezes esta semana e era só meu bem pra cá, meu bem pra lá.

Com o correr do tempo, entretanto, ela se convenceu de que aquilo era assim mesmo. Chegou à conclusão de que se tratava de um fenômeno que obedecia em verdade a uma relação necessária, derivada da própria natureza das coisas, e passou a prestar-se de bom grado às expansões das despeitadas. Divertia-se às vezes comentando as referências venenosas que ouvia de alguma delas a qualquer conquista nova do marido:

— Você sabe o que é que a Dina me disse, Juju? Que a viúva do Queiroz agora não tem mãos a medir com a roda de Teotônio. Que cada dia é um que ela favorece com o sobejo do defunto.

Dona Guiomar ria-se muito com a história que tinha contado. Falava depressa, mas articulando bem as palavras e chiando todos os ss, com um sotaque carioca delicioso. Tivera uma beleza de que falavam ainda, impressionados, aqueles que, no tempo do encilhamento, costumavam encontrá-la nos bailes. Nessa época é que ela conhecera Teotônio Viegas, mas ainda depois de casada e com vários filhos, não perdera nada. Só bem mais tarde é que principiara a engordar. Entretanto, mesmo quando era ainda muito bonita, não tinha mais vaidade nenhuma e vivia ocupada apenas com os filhos pequenos e as coisas de casa. Andava pelo quintal, exposta ao sol, apalpando as galinhas para saber as que tinham ovo:

— A de pescoço pelado não tem nada, Paulina. Há dois dias que ela não bota.

Assim mesmo, porém, Dona Guiomar era perturbadora. O cunhado, que morava em sua companhia, ficava horas inteiras a fitá-la, naquelas manhãs de sol, sem ânimo de sair para a repartição.

Teotônio é que vivia na rua. Um dia, na Praia Vermelha, meteu-se numa aventura escandalosa. Andava às voltas com uma rapariga geniosa que, quando ele menos esperava, lhe desfechou uma porção de tiros, tomada de ciúmes. Os tiros falharam, porque a moça tinha má pontaria. Mas houve grande escândalo e um jornal qualquer publicou uma reportagem sensacional sobre o incidente. Teotônio procurou impedir que a notícia chegasse à sua casa, mas Dona Guiomar, naturalmente, acabou sabendo de tudo. Já estava ficando velha e tolerava todas as infidelidades e todos os abusos do marido. Daquela vez, porém, sentiu-se atingida pelo escândalo e desmoralizada pela infâmia de Teotônio:

— Você acha que eu devo me suicidar, Juju?

Formulou essa pergunta à filha mais velha no mesmo tom em que a interrogaria a respeito do vestido com que tivesse de ir à missa.

— Ora essa, mamãe! Eu posso lá saber? A senhora é que sabe.

A reação de Dona Guiomar não passou daí. Ela comentou minuciosamente o caso com os filhos, os conhecidos e os criados, mas só nos primeiros dias. Mais tarde ainda aludia ao episódio, uma vez ou outra. Sem nenhum ressentimento, aliás. E a autoridade de Teotônio nunca sofreu diminuição em casa, por aquele motivo. Ele continuou sempre a brilhar muito à hora do jantar. Contava uma porção de histórias em que se saía invariavelmente bem, ora achando soluções apropriadas para questões aflitivas, ora confundindo algum figurão com uma réplica fulminante. A família ouvia com frieza essas narrativas. Mas os estranhos costumavam admirá-las. Ele referia o papel destacado que pretendia ter tido na proclamação da República. As visitas pasmavam com a revelação do grande papel histórico que aquele Teotônio Viegas, não mencionado nos compêndios, tinha representado. Perguntavam:

— E o Benjamin Constant, Seu Viegas?

Teotônio sorria, repleto de insinuações históricas. Só respondia à pergunta depois de desfrutar longamente a curiosidade ansiosa da audiência:

— Para se poder julgar o Benjamin, eu vou contar um episódio interessante. Na noite de 13 para 14 de novembro de 89, estávamos todos reunidos em casa do Quintino: eu, o Benjamin, o Deodoro...

— Isso é saque do velho.

José escarnecia o pai, em voz baixa, da extremidade da mesa. Os irmãos desatavam a rir, escondendo o rosto nos guardanapos.

A esse tempo os Viegas tinham ainda quatro filhos. Juju, que era a mais velha, não se parecia nada com a mãe. Era alta e tinha uns olhos verdes, grandes e sérios. Falava pouco e manifestava pelo cálculo mental um pendor que Dona Guiomar exercitava várias vezes por dia:

— Juju, por quanto pode me sair uma dúzia de fronhas de linho de dezesseis mil réis o metro, eu pagando a Dona Conceição oito e quinhentos por dia?

— Depende do tamanho das fronhas, mamãe. Quantos dias ela vai trabalhar?

Até as últimas semanas de vida de Juju, Dona Guiomar apelou para a habilidade da filha a fim de resolver os pequenos problemas do orçamento doméstico. Mas a saúde da moça era extremamente frágil. Não havia oscilação de temperatura que não lhe causasse resfriamento, nem gripe que a poupasse por descuido. Juju principiou um namoro com o filho do dr. Bastos, que vinha jantar aos domingos com Teotônio. Mas, logo caiu doente outra vez e foi morrer, do peito, em Campos do Jordão.

A moléstia, entretanto, já se tinha transmitido à irmã caçula, Zaira, que não tardou a ir-se embora também. Apesar de parecer muito mais robusta, resistiu ainda menos que Juju. Assim que os primeiros sintomas lhe apareceram, ela se entregou completamente. Os médicos quiseram esperar uma ligeira remissão a fim de que a menina experimentasse o clima de Teresópolis, mas a infecção deu conta daquele organismo em pouco tempo. Ardeu numa febre exasperada até morrer.

Sem ser tão bonita quanto a irmã, Zaira tinha mais encanto. Falava com a volubilidade de Dona Guiomar e ria-se muito por qualquer pretexto. Era muito apegada à mãe e dava-lhe apelidos de uma ternura engenhosa. Por isso mesmo, se Dona Guiomar sentiu profundamente a morte de Juju, chorou ainda com maior desconsolo a filha mais moça. Mas aquelas dores imensas não lhe deixaram amargura, assim como a dureza e as infidelidades do marido nunca puderam alterar-lhe o temperamento.

Depois que o velho Viegas adoeceu, ela suportou sem azedume graves dificuldades de dinheiro. A família teve que trocar a residência afidalgada da rua Marquês de Olinda pela casinha incômoda da rua Real Grandeza. A numerosa criadagem dos bons tempos precisou ser reduzida a uma cozinheira medíocre e a uma rapariguinha desajeitada, para todo o serviço. As visitas foram rareando à proporção que Teotônio se tornava decadente. No começo da moléstia, ele se esforçava ainda por brilhar um pouco à mesa, quando lhe aparecia algum conhecido. Mas não demorou muito a se abater por completo, caindo numa apatia tristonha que durou quase dois anos, até o dia em que morreu, sozinho no quarto, virado para a parede.

Nessa ocasião, já os dois rapazes estavam trabalhando e contribuíam em partes iguais para o custeio da família. A receita era pequena, mas Dona Guiomar nunca fôra tão feliz quanto nesse período em que vivia com eles naquela casa da rua Real Grandeza, contando laboriosamente os tostões para pagar o armazém no fim do mês. É certo que chorava ainda muito cada vez que falava nas filhas que tinham morrido. Mas a felicidade lhe vinha de estar desoprimida da companhia do marido. Apesar de nunca ter tido consciência da incompatibilidade existente entre a personalidade dura e autoritária do velho Viegas e o seu temperamento descuidado, sentia-se aliviada depois da morte dele. Levantava-se bem disposta para a lida cotidiana, sentindo uma confiança em si e uma despreocupação de espírito que dantes não possuía.

— Balbina, você sabe que eu sonhei esta noite que tinha acertado no milhar?

Essa tranqüilidade de trocar idéias com a cozinheira sobre jogo do bicho na própria sala de jantar, sem receio de ser admoestada, contribuía muito para o bem estar de Dona Guiomar. E a companhia dos filhos, que fôra sempre para ela uma delícia, tinha agora um encanto e uma doçura ainda maiores na sua viuvez.

O jantar da família já não obedecia ao horário inflexível de Seu Viegas, nem tinha mais a fartura de antigamente. Mas, em compensação, Dona Guiomar e os rapazes podiam falar com liberdade, em vez de cochichar timidamente como no tempo em que o dono da casa imperava na mesa, infligindo à mulher e aos filhos sua eloqüência e seus convidados de cerimônia.

Nesse período, em casa, o tempo inteiro era um grande sossego. A família tinha perdido rapidamente contato com a gente que Teotônio cultivava. Durante o dia, Dona Guiomar contentava-se com a companhia das empregadas e, à noite, costumava ir sem chapéu ao cinema do bairro, pelo braço dos filhos. Era uma vida pacata e boa.

Mas tudo se transtornou bruscamente depois que José principiara aquele namoro na rua General Polidoro. A moça era filha de uma viúva mal afamada e tinha, ela própria, reputação duvidosa entre os rapazes do bairro. Por isso, ao perceber o interesse que o irmão ia manifestando pela aventura, Geraldo começou a se inquietar.

Eles tinham sido sempre profundamente unidos. Dona Guiomar dizia que desde pequeninos nunca tinham brigado. A menor contrariedade de um afetava imensamente ao outro e o entendimento que existia entre os dois fôra a todo tempo completo.

Em virtude disso, o mais moço não se agastou a princípio, quando o irmão veio admoestá-lo por causa do namoro:

— Deixa de bobagem. Que mal tem nisso?

Respondia fingindo não tomar a sério as advertências de Geraldo. Mas este se tornava cada dia mais insistente e severo:

— Você precisa acabar com essa indecência, Zezé.

— Ora essa! E que é que tanto você tem que ver com isso? Eu ando lá me metendo com sua vida?

As discussões foram se azedando. Geraldo reclamou a intervenção de Dona Guiomar para pôr termo ao namoro, mas ela não tinha o menor jeito nem a menor convicção para censurar os filhos. Rapidamente as relações entre os dois rapazes se tornaram tensas. À hora das refeições Dona Guiomar sentia um silêncio pesado e hostil entre os filhos e as lágrimas que lhe escorriam dos olhos só contribuíam para aumentar o ressentimento de cada um deles e separá-los ainda mais.

Geraldo foi se tornando sombrio e agressivo. À noite, esperava o irmão com a luz acesa e tinham brigas violentas no corredor, trocando injúrias grosseiras. Dona Guiomar acudia, lívida, com o coração batendo:

— Pelo amor da Virgem Santíssima! Vocês pelo menos esperem que eu morra primeiro. Tenham essa caridade!

Ela vivia agora num contínuo sobressalto. Chorava desesperadamente, lamentando-se com as empregadas durante o dia e, à noite, soluçando com a cabeça escondida no travesseiro. Envelhecia a olhos vistos.

José estava compenetrado da desgraça que o namoro introduzira em casa, mas não tinha forças para rompê-lo. Sentia-se indigno e perverso: mau filho e mau irmão. Entretanto a consciência que tinha da incorreção de seu procedimento não o induzia a reabilitar-se. Sentia-se incapaz de renunciar àquela paixão, quaisquer que fossem as suas conseqüências. A vulgaridade física e moral da namorada, ele a distinguia nitidamente, mas nem por isso repudiava a atração violenta que ela exercia sobre seus sentidos. O prazer de tê-la apertada contra seu corpo, naqueles colóquios atormentados à porta da casinha da rua General Polidoro tinha uma intensidade desesperada que compensava plenamente as cenas horríveis, desenroladas em seguida entre ele e o irmão, quando chegava o momento de voltar.

Desde a esquina, percebia a luz acesa no quarto de Geraldo e adivinhava-lhe a expressão de ressentimento, assim como o azedume das palavras com que o interpelaria. Transpunha a porta com o coração aos saltos e logo a figura do irmão lhe surgia no corredor para recriminá-lo em termos de uma aspereza cada dia maior. Ele já se convencera de que Geraldo não se conformaria de modo algum com aquela situação. Era um rapaz de aparente brandura, mas cuja timidez recobria um temperamento impulsivo e obstinado ao mesmo tempo. José sabia que o afeto que lhe inspirava tinha muita coisa de paternal e sempre se habituara a vê-lo empenhado em orientar-lhe a vida, desde a infância mais remota, com um cuidado tão discreto quanto meticuloso. Conhecendo o irmão profundamente, discernia bem o motivo de sua hostilidade apaixonada. Quanto mais o compreendia, porém, menos lho perdoava e concebia pouco a pouco uma aversão por Geraldo que ia aumentando a cada altercação entre eles, a ponto de o levar a odiá-lo como jamais tinha odiado um inimigo. E uma noite em que o irmão fôra esperá-lo no jardim, chegaram a se pegar às bofetadas, até que Dona Guiomar veio apartá-los em pranto, correndo descalça sobre o cascalho, com um *peignoir* às avessas e o cabelo em desalinho:

— Valha-me Nossa Senhora! Zezé! Geraldo! Pelo amor de Deus!

Ela tinha um temperamento impróprio para tragédias. Suportara sem se abater os vexames todos e os pesares que a vida lhe impusera. Mas aquele conflito sinistro entre os filhos dava cabo dela rapidamente. Vivia assombrada com a iminência de uma desgraça:

— Livre-me a Virgem Santíssima!

Não dormia, sobressaltada, sufocada. Já não suplicava mais a Geraldo, soluçando, que deixasse o irmão fazer o que quisesse. Sentia-se impotente para impedir que os filhos se exterminassem, mas pela noite adentro estremecia ao menor ruído provindo do quarto deles e durante o dia quase não ousava mais lhes dirigir a palavra, intimidada diante de suas caras sombrias.

— Minha Mãe do Céu: que é que eu fiz para merecer este fim de vida?

Interpelava Nossa Senhora. Interpelava também a cozinheira:

— Balbina, você já viu tamanha desgraça?

Aquele ambiente de tragédia era em verdade impróprio para Dona Guiomar. Num domingo, pouco depois do jantar, teve um edema agudo do pulmão. O automóvel da Assistência tilintou ao longo da rua Real Grandeza, chamado pelo telefone, mas quando o médico tentou uma sangria já era tarde demais.

José estava com a namorada no cinema da Praia de Botafogo. Foi Geraldo que, auxiliado pela cozinheira, prestou à mãe os últimos cuidados, metendo-lhe depois no corpo ainda morno o vestido novo de seda preta, que ela só tinha usado uma vez para pagar a visita de Dona Eponina (saudosa das ternuras antigas de Teotônio).

Era uma noite clara de verão. Os rádios da vizinhança confundiam os compassos de sambas, marchas e tangos.

Geraldo olhava o rosto da mãe, notando-lhe uma expressão grave que Dona Guiomar nunca tivera em vida. Sentia tudo se acabando em volta dele, tudo se acabando devagar, sem que ele pudesse impedir aquela dissolução total. Já não havia mais nada que lhe importasse, a não ser o corpo ainda morno da mãe, que levariam embora dali, dentro de algumas horas.

Recostou a cabeça sobre as mãos cruzadas de Dona Guiomar e assim permaneceu por muito tempo, repetindo baixinho: — Mamãe, mamãe — numa depressão isenta de sentimentalismo, fria e amarga. Mas de repente levantou-se e foi chamar o moleque da casa pegada:

— Procura meu irmão aí na rua General Polidoro ou na praia e avisa a ele que mamãe morreu às oito e meia.

Deu uma prata de dois mil réis ao rapazinho e ficou um momento parado na porta, imaginando se a morte de Dona Guiomar poderia separar afinal o irmão da namorada. Depois, veio vindo lentamente e sentou-se junto ao corpo da mãe. No fundo de seu coração uma primeira esperança punha uma possibilidade de alegria.

Martiniano e a campesina

Martiniano morreu com dignidade. Quando sentiu suas forças declinarem, fixou na filha um olhar entendido e, repuxando a colcha sobre o corpo, endireitou-se para agonizar.

Sobreveio logo uma dispnéia aguda e já ninguém mais o supunha consciente quando a viúva do Major Barreto principiou a abaná-lo de perto e ele ainda disse com nitidez:

— Não se incomode, minha senhora.

Pouco depois, inclinando a cabeça para a esquerda, expirou quase despercebido. Só o silêncio pesado que se fez lentamente no quarto, a ponto de nos oprimir, incutiu afinal em nosso espírito a certeza de que ele tinha morrido.

A filha cerrou-lhe as pálpebras e ia lhe cruzando as mãos sobre o peito no instante em que Dona Ismênia desferiu os primeiros gritos:

— Mataram meu marido! Essa gente matou ele! Perseguiram ele até matar!

— Mamãe, pelo amor de Deus, não grita assim.

A moça suplicava à mãe que se contivesse, mas esta o que queria era mesmo pôr a boca no mundo:

— Não grito? Grito sim! Eles não pensem que eu fico calada não.

— Pelo amor de Deus, mamãe, respeita ao menos esta hora.

— Ora, não amola. Eu quero ensinar a essa canalha! Eles hão de pagar tudo que fizeram a meu marido! Se pagam! Cambada de sem-vergonhas! Eu quero só ver se algum deles tem coragem de pôr os pés aqui.

Dona Ismênia desmandou-se completamente. Ela não deixava passar nenhuma oportunidade de causar escândalo e seria inadmissível que perdesse aquela ocasião suprema de assombrar todo mundo com as cenas de sua predileção. Eu a conhecia desde vários anos, sempre a envergonhar Martiniano com aquele gênio intolerável e uma falta de educação que ninguém poderia igualar, mesmo com muito empenho. Previ, portanto, o destampatório que ela continuaria a fazer e tratei de afastar-me para a varanda.

Por esse tempo eu estava arregimentado na Vila Militar e sentia uma atração confusa pela filha de Martiniano. Maria José era meio enjoadinha, mas possuía uns olhos verdes que me perturbavam profundamente. Por esse motivo eu fazia visitas quase diárias ao pai da moça, em Deodoro, e se não fosse a morte dele, acabaria talvez me casando com ela, apesar da sogra tremenda que me esperava. Lá se reuniam à noite outros amigos de Martiniano, militares e civis e conversava-se muitas vezes até tarde. Eu arranjava sempre um meio de passar alguns momentos na varanda com Maria José. Aqueles olhos verdes e mansos produziam em mim, não sei por que obscura perversão, um desejo violento de praticar com a filha de Martiniano as mais desvairadas libertinagens. Sua voz mole tinha inflexões que também me punham o demônio no corpo e, enquanto ela dizia umas vagas coisas sem importância, eu me sentia capaz dos maiores horrores.

Felizmente, porém, a morte de Martiniano punha termo àquela situação alarmante. Depois do seu desaparecimento não haveria mais justificativa para minhas visitas tão assíduas à casa dele. Mesmo porque, sem a sua companhia, não haveria mais quem tivesse coragem de permanecer ali em trato direto e freqüente com Dona Ismênia. Aquelas conversas na varanda com Maria José se tornariam impraticáveis desde que estivesse dissolvida a roda de amigos de Martiniano, cuja animação distraía de nós os olhos suspicazes da dona da casa. Se eu porventura insistisse em manter relações com a família para não renunciar ao prazer malsão que me dava a proximidade da moça, Dona Ismênia me interpelaria com toda a certeza na primeira oportunidade:

— O senhor precisa resolver isso.

Eu refletia a esse respeito, já quase familiarizado com a morte de Martiniano, quando o Coronel Timóteo veio saindo da sala de jantar. Logo que me avistou foi buscar uma cadeira de vime na outra extremidade da varanda e, instalando-se ao meu lado, passou a manifestar a antipatia velha que tinha a Dona Ismênia:

— Você já viu mulher impossível como essa? Se alguém tivesse culpa da morte de Martiniano, havia de ser ela mesma. Tem um gênio que é pra liquidar qualquer um em pouco tempo.

Era um homem gordo, com o cabelo à *brosse-carrée*. Embora reformado desde vários anos, não se adaptara ainda à vida civil nem aos trajes de paisano. Abotoava minuciosamente o paletó como se fosse uma túnica do fardamento e nunca pôde usar senão as mesmas botinas de elástico que calçara uniformizado. Eu estimava-o bastante e tinha com ele certa intimidade. Divertia-me com a graça incomparável que ele achava em Martiniano, estourando em gargalhadas enormes que acabavam como tinham começado, sem deixar o menor vestígio em sua fisionomia severa.

O Coronel Timóteo era solteirão e vivera sempre amigado com mulatas sucessivas. Preferia as sergipanas, mas fazia justiça à produção de outros estados. Contrastava sob todos os aspectos com Martiniano, de quem, entretanto, fôra sempre o maior amigo desde a Escola Militar e que freqüentava com inflexível assiduidade, não obstante a sua aversão quase ostensiva por Dona Ismênia. Tinha sido desveladíssimo durante toda a moléstia do companheiro, cuja falta só a Maria José afetaria mais do que a ele. Estava abatido, desfeito, depois de assistir à morte do camarada de tantos anos, e repetia de vez em quando:

— Coitado, foi descansar dessa jararaca.

Lá fora chuviscava sem cessar. O poste de iluminação, do outro lado da rua, lançava sobre o jardim uma claridade baça e oblíqua.

Quase tudo quanto eu sabia da vida de Martiniano, ouvira, tempos atrás, do próprio Coronel Timóteo. Ele me tinha feito a narrativa da existência atribulada do amigo, uma vez em que nos encontramos no bar Nacional.

Martiniano fôra bem nascido. Procedia de uns Silva Neves abastados de Petrópolis, em cujo meio se cultivavam certos requintes originados das relações que alguns membros da família tinham mantido com a casa imperial. A vulgaridade de maneiras e a pornografia dos internatos de rapazes não conseguiram lhe alterar a polidez. Desde aspirante até se reformar sempre se distinguira pela estrita cortesia no trato dos camaradas, por menos que alguns lhe correspondessem. E seus hábitos graves e estudiosos nunca sofreram modificação nenhuma através de todas as vicissitudes da carreira. Tinha uma grande vocação conjugal, mas as moças, mesmo as daquele tempo, achavam a sua polidez e a sua circunspecção aborrecidas. Sofreu de uma paixão enorme pela filha do General Saturnino. Durante alguns meses a moça foi objeto dos seus comentários mais entusiásticos:

— Finota é um mimo, uma perfeição!

Chegou a cair no ridículo de tanto louvar as prendas da criatura amada. No cassino, os oficiais do regimento zombavam dele para encher o tempo. Escreviam-lhe bilhetes ardentes atribuídos à moça e acabaram por lhe marcar um encontro no portão da casa do General, altas horas da noite. Lá se postaram à sua espera e quando ele se aproximava, transido de emoção, o Tenente Altino caiu-lhe nos braços, de *peignoir* cor-de-rosa:

— Meu benzinho, como você custou a vir!

Essa farsa amargurou um longo período da vida de Martiniano. Só muito mais tarde, no tempo em que já era major fiscal do regimento de cavalaria em Três Corações, foi que manifestou novamente veleidades de casamento, quando principiou a se interessar pela própria Dona Ismênia. Conheceu-a num baile realizado na Câmara Municipal e logo se sentiu possuído de um lirismo desmedido. Ficou meses em êxtase diante dos encantos físicos e morais que lhe descobria e, afinal, desposou-a perdidamente enlevado no seu amor.

Referindo esse episódio, o Coronel entrara em explicações demoradas sobre a ingenuidade fundamental de Martiniano e a idéia que ele fazia de Dona Ismênia ao se casar: a idéia de uma criatura angélica, cheia de doçura inefável e de poesia silvestre.

— Para você compreender o caso do Martiniano precisa ler a carta que ele me escreveu de Três Corações participando o noivado. Eu ainda hei de lhe mostrar algum dia essa carta, que eu guardo lá em casa.

Em seguida, o Coronel passou a contar com minúcias as circunstâncias em que Dona Ismênia foi se revelando aos olhos do marido a criatura insuportável que nós conhecíamos. No começo, enquanto ela fazia ainda alguma cerimônia com Martiniano, limitava-se a descompor as empregadas e a enxotá-las de casa sob qualquer pretexto. Mas não demorara muito a romper em impropérios contra o próprio esposo e logo não tivera mais escrúpulo nenhum em lhe dizer todas as insolências que lhe passassem pela cabeça.

Aliás, eu mesmo me lembrava de uma cena deprimente passada em casa do Major Noronha, em dia de festa de aniversário, quando Martiniano cometeu a imprudência de gabar com vivacidade um copo de cerveja gelada que lhe tinham oferecido. Dona Ismênia ofendeu-se imediatamente:

— Homessa, Martiniano! Parece que você nunca tomou cerveja gelada lá em casa. Você tem coisas mesmo de idiota. Hão de pensar que lá em casa ninguém bebe cerveja gelada.

A mulher do Major quis acomodar o casal:

— Não diga isso, Dona Ismênia. Ele sabe muito bem que as coisas aqui não têm comparação com as da casa da senhora, mas diz assim por bondade dele, pra gente ficar satisfeita.

— Não senhora. O que ele quer é fazer pouco na família e na casa dele. Eu estou cansada de conhecer Martiniano. Ele procura sempre um jeito de mostrar aos outros que lá em casa não tem nada que preste.

O mal-estar causado pela sortida de Dona Ismênia foi de tal ordem que a reunião de aniversário promovida pelo Major Noronha se dissolveu pouco depois das dez horas.

Perguntei ao Coronel Timóteo se ele se lembrava do episódio:

— Qual! Aquilo não foi nada. Você precisava ver essa mulher era no tempo da campanha do Nilo Peçanha. Aquele caso das cartas pôs o Martiniano fora de si. Ele vivia metido no Clube Militar, discutindo laudos de peritos, fazendo discursos nas reuniões políticas, escrevendo artigos, manifestos e não sei mais o quê. Pois bastou ele ficar apaixonado contra o Bernardes pra Dona Ismênia sair por toda parte enxovalhando o nome dele, xingando o Nilo e o Clube Militar.

O Coronel calou-se algum tempo, enjoado de contar aqueles fatos humilhantes. Depois, alisando o cabelo à *brosse-carrée*, sentenciou:

— Essa coisa de casamento é como jogo do bicho. A gente aposta na borboleta, e, quando chega de tarde, o que dá é a vaca. Coitado do Martiniano!

Lá dentro soava a voz acrimoniosa de Dona Ismênia, mas da varanda não se conseguia entender o que ela dizia. A chuva continuava a ensopar os canteiros do jardim.

Reencetei a conversa:

— Ele sempre teve aquele jeitão de falar como se estivesse constipado?

— Toda a vida. Mas ultimamente foi ficando mais engraçado, com as esquisitices dele. Deu pra só dizer as coisas com aquele exagero que fazia a gente morrer de rir.

De fato, Martiniano falava habitualmente como se o vocabulário vulgar lhe fosse imprestável para exprimir o que tinha a dizer. As expressões mais extravagantes e os termos técnicos mais arrevesados despencavam de sua boca, em cachoeira. Por essa forma, as observações e os conceitos que lhe ocorriam, ainda que os mais comuns, acabavam sofrendo uma deformação surpreendente. E a impressão de grotesco produzida pela sua terminologia era ainda agravada pela pronúncia estranha que ele tinha. Parecia permanentemente resfriado, com as narinas obstruídas, porque emitia todas as consoantes nasais como se fossem explosivas:

— Isbênia é beiga cobo uba betralhadora.

Tinha um conhecimento minucioso dos regulamentos militares, cujos dispositivos se intrometiam a todo propósito na sua conversa. Essa balda lhe valera uma reputação meio ridícula de oficial livresco e inapto a exercer comissões de maior responsabilidade. Daí as numerosas e revoltantes preterições que sofreu até reformar-se, depois de sufocada a revolução de 1924. A verdade, no entanto, é que, apesar de seu feitio esquisitão,

Martiniano fôra um oficial excelente e a quem nunca se recorria sem proveito, em virtude da experiência inestimável que adquirira por ter passado quase a vida inteira na tropa.

O Coronel Timóteo comprazia-se em contar anedotas em que o amigo figurava com destaque pitoresco, dando lições memoráveis a muito oficialzinho pretensioso que não adivinhava, sob as suas esquisitices, a capacidade técnica e a energia sem alardes de um chefe excepcional. Nos intervalos das invectivas que Dona Ismênia continuava a assacar periodicamente do interior da casa, sem se saber a quem eram dirigidas, ele me referia episódios da carreira de Martiniano, grotescos e comoventes. De certa hora em diante, porém, com a afluência de gente para o velório, a varanda em que nos achávamos principiou a se encher e o Coronel saiu de mansinho, depois de me prevenir que voltaria ainda antes do dia raiar:

— Preciso ver umas coisas lá em casa, mas não vou dormir, não. Pelo menos descanso um pouco dos gritos dessa mulher, que estão me pondo doente.

A cadeira de vime que ficara vazia a meu lado atraiu logo um sujeito de *cache-nez*, em cuja fisionomia reconheci, ao cabo de certo esforço de memória, o pai de uma vizinha e amiga de Maria José. Não tardei a reconhecer nele também um técnico dos mais consumados em matéria de velório, com a voz discreta do ofício, o gênero de conversa apropriado e o espírito de iniciativa requerido para a situação. Ensaiou uns assuntos mais ou menos vagos para me sondar e, dentro de pouco tempo, tinha me dominado completamente. Explicou-me que preferia sempre manter-se afastado da família do defunto, mormente quando havia uma pessoa aos gritos, assim como Dona Ismênia. Essas coisas incomodavam, por mais que a gente estivesse habituado a assisti-las. Aliás, ele reprovava atitudes semelhantes:

— O senhor há de ter reparado que o sentimento verdadeiro não dá mostras desse jeito. Quem tem pesar mesmo, numa ocasião destas, o que quer é ficar quieto no seu canto. Isso de andar aos berros é só falta de educação. O senhor não acha?

Ponderou depois os inconvenientes diversos que havia em não se evitar a proximidade da família enlutada:

— Cada visita que chega para dar pêsames é uma cena aborrecida. Além disto, ora é alguém que precisa de alimento ou de remédio, ora outro que lembra alguma providência a tomar pela rua, altas horas. A gente não tem sossego.

Por isso tratava sempre de se afastar prudentemente e era precavido do mesmo modo quanto à provisão de cigarros:

— Quando eu venho para passar uma noite assim, nunca deixo de vir prevenido. Trago umas três carteiras de cigarro e outras tantas caixas de fósforo, porque conheço muito essas coisas. Todo mundo pega a fumar, na conversa, e não demora a acabar com o maço que traz no bolso. Daí mais um pouco está é filando da gente e não há cigarro que chegue.

Promoveu a vinda de um café e continuou a discorrer inesgotavelmente, passando com habilidade de um assunto para outro, até o momento em que o Coronel Timóteo deu entrada, de volta, na varanda. Vinha de preto, com a barba feita, já preparado para o enterro. Esteve algum tempo conversando sobre coisas indiferentes, mas achou um meio dentro em pouco de me levar para a extremidade da varanda:

— Eu trouxe a carta de Martiniano para você ver. Ela estava guardada com outros papéis na minha gaveta, mas agora eu quero queimar aquela papelada toda. A gente morre de uma hora para outra e não deve deixar essas coisas rolando.

Fui procurar uma luz favorável e li a carta de que o Coronel tivera tanto empenho em me dar conhecimento:

Três Corações, 12 de fevereiro de 1907

Meu caro Timóteo.

Anuncio-te o meu casamento com uma bela, virtuosa, esmeradissimamente educada, inteligente e digníssima campesina desta cidade, a Exma. Srta. D. Ismênia Santos, que me é igual sob todos os respeitos e amo ardentemente.

Afinal não pude continuar a viver órfão de afetos, comecei a ter horror do celibato e da solidão e senti que devia a mim mesmo, à sociedade e aos camaradas, em cujo seio vivo, cercar-me, como homem e como soldado, do respeito e do prestígio que advêm de se ter família. Pedi a mão de D. Ismênia no dia 8, em que ela completou 21 anos, e, sendo aceito, marcou-se nosso consórcio para 31 de maio.

Foi uma grande surpresa para todos, mesmo para ela, cujo pudor ou recato virginal nunca ousei macular com declarações, alusões ou prévia consulta. No dia 4 chamei o Sr. Santos e pedi-lhe que me dissesse se D. Ismênia ainda não tinha algum compromisso de casamento e, nesse caso, se ele e toda a família aceitariam o meu pedido de casamento com ela, que eu desejava fazer no dia 8. Tive no dia 7 resposta satisfatória e a 8 fiz o pedido.

É um casamento de inclinação e tenho fé que Deus há de abençoá-lo. Como sempre, procedi com honra e consultei meu coração. Não temos fortuna, mas Deus há de permitir que nada nos falte.

Este amor, em que eu próprio não cria, quando dei com ele dentro de mim, foi me possuindo a ponto de encher-me o peito e a alma, de se tornar inexpungível e louco afeto.

Sei que o Rio te prende, te absorve, mas se quisesses vir assistir meu noivado, muito te agradeceria.

Crê-me sempre
teu camarada e amigo certo e mto. grato,

Martiniano da Silva Guimarães.

Dona Ismênia prorrompera novamente em impropérios entre as visitas constrangidas, enquanto eu acompanhava ainda a caligrafia emocionada de Martiniano no papel que os anos tinham amarelecido. Quando terminei a leitura, voltei-me para o Coronel que me fitava com insistência, interessado no efeito que a carta teria produzido sobre mim:

— É de fato um documento impressionante.

— Eu não lhe dizia? Se você quiser, pode ficar com ela. Prefiro não conservar mais estas coisas.

Houve um silêncio demorado pela casa, quando principiava a amanhecer. Mas Dona Ismênia se estava apenas reservando para reiniciar o berreiro injurioso com mais vigor, assim que a audiência lhe parecesse satisfatória. Efetivamente, desde dez horas da manhã até a saída do enterro, sua voz soou quase sem interrupção, renovando pragas e recriminações. Por mais que

Maria José suplicasse, soluçando, e outras pessoas insistissem, persuasivas, para fazer cessar aqueles brados, não houve quem convencesse a viúva desmandada.

À hora do saimento ela assomou à janela e arengou a malta de curiosos que se reunira na rua:

— Este vai no carro dos pobres, coitado! Mas a alma e as mãos dele vão branquinhas. E os perseguidores que ele teve estão por lá nos palacetes, cheios de automóveis. O que vale é que Deus é muito grande e aquela gente tem de pagar!

— Que é isso, Dona Ismênia? A senhora precisa ter resignação. Vamos lá pra dentro.

Uma vizinha, que teve a veleidade de afastá-la da janela, foi repelida com rudeza:

— Não saio daqui, não. Eu quero dizer estas verdades enquanto o corpo dele ainda vai saindo pra testemunhar. Adeus, meu desgraçado marido! Adeus! A Providência Divina há de te vingar! Adeus!

O coche pôs-se em movimento e logo fez a volta da esquina próxima, balançando as coroas irrisórias.

Quando minha avó morreu

Quando morreu minha avó paterna eu tinha onze anos. Foi uma fase da infância em que me senti profundamente corrupto, porque vivia consciente de minha impotência para obedecer às normas de retidão que me tinham incutido no espírito. Violava as promessas feitas de noite a Nossa Senhora; mentia desabridamente; faltava às aulas para tomar banho no rio e pescar na Barroca com companheiros vadios; furtava pratinhas de dois mil réis para comprar cigarros que fumava escondido; por fim, cometia outros pecados mais difíceis de confessar.

Por isso mesmo nunca pude ter alegria verdadeira durante esse período. Vivia insatisfeito e inquieto comigo, oprimido pela consciência de minha indignidade.

Isso, porém, não impedia que eu fosse a esse tempo tomado de uma frivolidade delirante. Passava horas preocupado com roupas, sapatos e, em particular, com o cabelo. Penteava-me inúmeras vezes por dia, procurando à força de técnica e de brilhantina erguer na cabeça topetes impressionantes. Trancava-me no quarto para ter plena liberdade de mirar-me no espelho longamente, assumindo atitudes de uma elegância extravagante. Entretanto ninguém percebia em mim essa balda ridícula e absorvente e os dias se passavam sem que nenhum incidente me fizesse emergir do brejo de dissolução moral em que eu vivia mergulhado

Minha avó morava longe, na fazenda, e só raramente podia nos visitar. Mas procurava sempre manter contato conosco, escrevendo e mandando pequenos presentes com regularidade, porque tinha pena de nós, que éramos os seus netos órfãos. Ela nos tratava com o carinho grave que lhe inspirava a lembrança de meu pai e tinha para mim um encanto meio triste, de que eu nunca me esquecia.

Uma tarde, entretanto, chegou a notícia de sua morte. Fui eu mesmo que a recebi, de um parente com quem me encontrei na praça fronteira à nossa casa. Ela falecera de repente, naquela manhã.

Senti uma necessidade urgente de me esconder. Corri para casa e fui afundar a cabeça no travesseiro, onde principiei a chorar como um perdido. Não era tanto a imagem de minha avó que me ocorria à memória, quanto a voz dela, de que eu sentia uma saudade funda e desesperada. Aquela voz, que exprimia para mim um ideal de mansidão e de ternura, eu procurava ouvi-la como antigamente, e era a idéia de nunca mais escutar-lhe os sons familiares que me apertava o coração mais do que tudo.

Lembrei-me do que me tinham contado sobre a dor que minha avó sentira quando meu pai morreu. Depois, ocorreu-me a impressão do isolamento em que ela devia ter vivido seus últimos anos, na fazenda velha de que não quis se mudar. Imaginei o horror de se morar sozinho naquele casarão sombrio, no meio de uma paisagem sinistra de que eu me lembrava bem. Senti um arrepio de medo à lembrança dos quartos escuros e mal-assombrados, perto dos quais eu passava apavorado da última vez em que fôra à fazenda. Com a mesma sensação de medo, recordei o pátio lajeado onde à noite uivavam cachorros magros; o cruzeiro coberto de limo; a senzala abandonada cheia de morcegos; o muro de pedra, escurecido pela umidade; a grade enferrujada do quarto em que meu pai tinha morrido. E eu, que nunca dantes considerara a hipótese de minha avó ser infeliz, acabei me compenetrando de que ninguém poderia ter sido tão desventurado. Isso me fazia soluçar convulsivamente.

Mas, depois, o choro se atenuou à lembrança do carneirinho branco que ela tinha me mandado de presente e do galo de briga que me dera de outra vez. Essas recordações foram me distraindo lentamente, até que uma idéia dominadora se insinuou em meu espírito e dissipou depressa a vaga tristeza que ainda me restava. Lembrei-me de que eu teria de ficar de luto.

Era a minha suprema aspiração desde muito tempo. E a iminência de realizá-la me fez bater o coração de galope.

Eu tinha visto num circo, alguns anos antes, dois artistas de trapézio que ostentavam um laço de crepe no braço. Explicaram-me então — não sei com que fundamento —, que eles estavam de luto pela morte da irmã, vítima de um acidente quando executava um daqueles saltos arriscados em que os dois acrobatas se exibiam. Essa história me impressionou muito. Presumi que a moça fosse bonita e imaginei-lhe a queda espetacular, a curva vertiginosa de seu corpo no espaço, para se despedaçar no picadeiro. Mas o que me impressionou muito mais que esse drama de circo foi propriamente o laço de crepe, que passou a significar para mim o auge da distinção e do requinte.

Depois disso, uns meninos que eu conhecia perfeitamente e sempre me tinham parecido destituídos de qualquer interesse principiaram a me inspirar uma admiração intensa, desde o dia em que os vi de crepe no braço, por motivo da morte de um parente. Lamentei muito não ter nenhuma oportunidade de ornar-me também daquele laço preto. E daí por diante todas as modalidades de luto foram adquirindo para mim, por analogia, o mesmo prestígio de elegância. Quanto maior e mais negro o luto, mais bonito e mais distinto me parecia.

Assim, à perspectiva de me cobrir de crepe, não demorei a vencer inteiramente a depressão que a falta de minha avó me tinha produzido no espírito. Cessei completamente de chorar. Fiz planos de vestir-me de preto da cabeça aos pés e sair para a rua, cumprimentando os conhecidos. Tinha, porém, uma vaga desconfiança de que minha mãe talvez não consentisse naquele luto tão pesado e procurava quais seriam as objeções dela aos meus projetos. O que valia, o que me tranqüilizava era a consideração de haver motivo suficiente para o luto. Minha avó tinha morrido. Era um fato incontestável e diante dele minha mãe teria de se submeter. Considerei que luto por avó deveria ser forçosamente pesado. Não poderia se resumir num lacinho qualquer no braço. Tinha de ser um grande luto, um luto de proporções condignas. E à medida que planejava vestir-me à altura das circunstâncias, uma excitação imensa foi se apoderando de mim.

Levantei-me da cama em que me tinha estirado, disposto a providenciar imediatamente para fazer face à situação. Abri armários e gavetas pela casa inteira, à procura do que pudesse me convir naquela emergência. Mas não havia em parte alguma roupas pretas, a não ser os próprios vestidos de minha mãe. Achei aquilo um sintoma de imprevidência imperdoável e já murmurava coisas, irritado, quando encontrei afinal uma gravata enorme de seda, pertencente a um vestido à marinheira de minha irmã. Tinha a virtude de ser preta. Contentei-me com ela e defronte do espelho, arranjei em volta do pescoço e sobre o peito uma espécie de *plastron*, que me pareceu adequado à situação. Feito isso, fui postar-me à varanda, extremamente satisfeito comigo.

A essa hora, a notícia tinha chegado a minha mãe, que saíra cedo em companhia de minha irmã. Avistei de longe as duas que se aproximavam pela praça poeirenta.

Foi minha irmã que percebeu primeiro meu luto fechado.

— Olha Totônio, mamãe!

Ela vinha chorando, com a fisionomia deformada pela comoção. Mas à vista de meu *plastron* principiou a rir-se.

Eu quis protestar contra aquele riso e impor à menina respeito pelo meu luto:

— Vovó morreu!

Produzi a afirmação com ênfase e olhei para minha mãe, na esperança ainda de que ela me aprovasse. No entanto sua decisão foi peremptória e seca:

— Deixa disso. Tira essa bobagem, menino.

Senti uma humilhação profunda e recolhi-me a um silêncio hostil pelo resto da tarde. Mas não pensei mais em minha avó.

Seu Magalhães suicidou-se

O rapaz entrou pelo escritório adentro com a expressão transtornada.

— Seu Magalhães suicidou-se, patrão. Telefonaram de lá.

Quis acrescentar alguma coisa, mas não conseguiu.

O gerente empalideceu tanto que o rapaz supôs que ele fosse desmaiar. Ficou muito tempo estarrecido e incapaz de articular uma palavra. Mesmo depois dele se ter dominado, tinha a voz ainda completamente alterada quando perguntou:

— Hoje? Na casa dele?

— Lá, sim senhor. De manhã cedinho. Uma empregada foi que telefonou pra mandar dizer ao senhor.

— Eu vou pra lá daqui a pouco.

O gerente chamava-se Aderne. Era um homem calmo, mas sentia-se tão perturbado que teve medo de indagar mais qualquer coisa. Estava profundamente apreensivo em relação às causas daquele suicídio, receando que o sócio se tivesse endividado até a desmoralização e comprometido a firma nalguma aventura indecente. Seria possível? Seu Magalhães andaria mesmo encalacrado, enterrado em dívidas até as orelhas? Só se fosse por causa de jogo ou de alguma especulação insensata que tivesse empreendido, calado. Porque ele não se metia com mulheres. Mas quem é que podia saber por que tinha sido? Quem é que podia ter confiança nos outros?

Seu Aderne sentiu a cabeça quente e uma dor atravessada do frontal ao occipital. Aos olhos dele tudo se turvava. O sócio e companheiro de tantos anos dava-lhe a impressão de um indivíduo completamente desconhecido, de um tipo perigoso e traiçoeiro. Pensava com horror na sua boa fé posta à prova pelo amigo durante tantos anos. Vinham-lhe à memória as facilidades que Seu Magalhães sempre achara de parte dele para fazer tudo que quisesse. Nunca tinha desconfiado de nada, nem tomado precaução nenhuma em relação ao sócio. Agora, era muito tarde para arrepender-se

Permaneceu muito tempo naquele estado de espírito, considerando Seu Magalhães uma espécie de aventureiro refolhado, cuja identidade ele não tivesse nunca podido apurar, por mais de perto que julgasse tê-lo conhecido.

Entretanto a desorientação e o medo que a notícia do suicídio do amigo tinham produzido nele foram pouco a pouco cedendo à pressão dos dados de sua própria experiência em relação a Seu Magalhães. Foi paulatinamente recuperando a noção que sempre tivera do sócio e este tornou a lhe aparecer sob o aspecto familiar daquele sujeito sensato e simples a quem ele queria bem. Passou-lhe o pavor da ruína e da desmoralização por obra do amigo. E, ao cabo de algum esforço, a memória restituiu-lhe a figura de Seu Magalhães: grandalhão, magro e manso, cheio de doçura nos olhos claros e na voz meio rouca.

Só então é que se enterneceu e pensou na falta enorme que o companheiro lhe faria. Seu Magalhães não teria quem o substituísse. Ninguém seria capaz de prestar à firma os serviços que ele prestava, com seu jeitão de songa-monga.

Seu Aderne levantou-se, apanhou o chapéu no cabide e atravessou muito comovido o escritório e a sala grande do estabelecimento comercial. No momento de apertar o botão para chamar o elevador, voltou-se de repente:

— Seu Gerson, pode mandar fechar as portas.

∴

Àquela hora, já tinha saído a gente toda que acorrera à casa de Seu Magalhães por motivo do suicídio.

Dona Matilde estava trancada no quarto de costura, sentada na cadeira de balanço. Espiava pela janela aberta, mas não via nada. Não chorava tampouco. Sentia apenas uma indignação inexprimível crescer dentro dela, cada vez mais. Não tinha pesar nenhum: só ressentimento — um ressentimento que excedia a todas as sensações mais penosas de sua vida. Esse estado de espírito incompatibilizava-a não só com as pessoas e as coisas que se achavam perto, mas também com as pessoas e as coisas de que se lembrava no passado. Era a recordação de sua vida inteira que lhe parecia sórdida. As alegrias mais puras de sua mocidade, ela as relembrava com repugnância. E a lembrança das horas felizes que tivera só lhe ocorria para aumentar-lhe o nojo por tudo e por todos, no presente e no passado.

Por várias vezes já tinham vindo bater com insistência à porta do quarto para chamá-la. Ela, porém, não respondia às pancadas e exortações. Limitava-se a repelir esses apelos com uma secura terminante, quando se tornavam mais indiscretos:

— Não abro não. Arrumem-se lá.

Essas respostas rancorosas davam-lhe uma pequena satisfação. Ela se sentia um pouco menos humilhada e infeliz à idéia de que sua reclusão alarmava as irmãs, perturbava o espírito de todas as pessoas de casa e entravava as providências que teriam de ser tomadas. Sabia que sua cooperação era imprescindível a tudo quanto teria de ser feito ali, naquele dia. Estava habituada a comandar sozinha em sua casa e tinha certeza de que não encontrariam meios de lhe suprirem a falta.

Quando ela se trancara naquele quarto, tinha sido impelida apenas pelo asco que sentia de todo mundo. Mas, de certa altura em diante, permanecia fechada ali também pelo propósito de incomodar e criar uma situação angustiosa às pessoas de casa. E, se principiava de vez em quando a se esquecer desse propósito, inteiramente afundada num desespero frio, logo que voltavam a bater-lhe à porta, respondia com maior azedume:

— Não batam mais aí, não. Não amolem mais não.

Tornava a sentir aquela espécie de conforto vingativo. E pensava:

— Arranjem-se. Vejam o que é bom. Eu é que não quero ter parte em nada disso. Não tenho mais nada com essa gente. Elas, que deviam ter obrigação, que se arrumem.

∴

No fundo do quintal havia um cômodo espaçoso, que tinha sido construído para dormitório de empregadas, mas que Seu Magalhães transformara numa espécie de escritório e que lhe servia também de quarto de repouso. Havia lá um canapé velho, de palhinha, uma estante de livros, uma escrivaninha antiga e várias gravuras pelas paredes, recortadas de números de Natal da *Illustration Française*. Mas o que se via ali de mais importante era uma vasta mesa, encostada à parede do fundo e sobre a qual se achavam os três álbuns grossos contendo a coleção de selos de Seu Magalhães.

Ele passava domingos e feriados ocupado com essa coleção, consultando catálogos e correspondendo-se com filatelistas. Mesmo de noite deixava-se ficar horas inteiras naquele quarto, lidando com os selos. Ainda na véspera, a empregada tinha vindo chamá-lo para o jantar e se lembrava de o ter encontrado assobiando junto da mesa, a contemplar exemplares novos que ele acabara de colar num dos volumes da coleção.

Agora, a rapariga viera ter ali à procura de uma das cunhadas do patrão e a lembrança nítida daquela cena ocorreu-lhe quando ela penetrou no quarto. Olhou os álbuns encarnados sobre a mesa e, em seguida, divisou a moça que chorava, estendida no canapé.

— Dona Santinha! Dona Santinha! A gente tem de ter paciência, Dona Santinha. A senhora não quer subir, não? Pobre de Dona Neném faz pena, lá sozinha, sem poder dar jeito em nada. A senhora não indo, quem é que pode com aquilo, numa hora dessas? Dona Matilde também não quer sair do quarto de costura nem por nada. Deus me perdoe, mas isso assim é até falta de caridade.

Dona Santinha chorava cada vez mais, estirada de bruços no canapé e escondendo o rosto nas mãos. Achava que não valia a pena responder. Que é que ela iria fazer lá em cima? Em que é que poderia ajudar a irmã, naquela emergência? Só tinha vontade de sumir, de não ver ninguém e de que ninguém a visse. Se a deixassem ali sozinha, talvez tivesse um certo alívio, mas não consentiam que ela ficasse quieta no seu canto. Viriam chamá-la de novo e acabariam levando-a à força dali. E o que mais a afligia era não se sentir com energia para resistir àquela empregada, se ela por acaso entendesse de arrastá-la lá para dentro de casa.

Resolveu suplicar:

— Pelo amor de Deus! Me deixa ficar sozinha. Depois eu subo e faço tudo que vocês quiserem. Agora eu não posso.

Seus soluços aumentavam pelo terror de ser obrigada a sair dali. Entretanto a empregada teve pena dela:

— Que é isso, Dona Santinha? Não precisa tanto desespero, Cruz! A senhora só vai quando esse choro passar, daqui mais um pouquinho, assim que Deus Nosso Senhor lhe der paciência.

A moça ouviu os passos da empregada que se afastavam. Sentiu os soluços lhe diminuírem pouco a pouco. Mas o ruído de um automóvel que parava à frente da casa fez com que o coração dela se apertasse de novo. Quem seria, Santo Deus? Já seria Seu Aderne?

Era Seu Aderne, com efeito, que chegava ainda muito emocionado à casa do amigo. Tirou o chapéu desde o jardim e encaminhou-se para a escada pequena que dava acesso à varanda, lançando um olhar de investigação sobre as janelas do pavimento superior. Não viu ninguém. Quando lhe vieram abrir a porta, ele perguntou por Dona Matilde.

— Está no quarto lá em cima. Mas eu vou chamar Dona Neném e depois o senhor sobe lá.

A empregada deixou-o só na saleta de entrada, sem lhe ter tomado o chapéu, nem convidado a sentar-se. De pé e imóvel por muito tempo, procurou ouvir o que se passava no andar de cima. Afinal, como a espera se tivesse tornado longa demais, o chapéu principiou a incomodá-lo nas mãos. Só então é que ele passou uma vista circular pela saleta e reconheceu à esquerda da porta, uma arca de jacarandá que Seu Magalhães tinha arrematado em sua presença, num leilão do ano anterior. Colocou o chapéu sobre o móvel e sentou-se, hesitando se acendia ou não um cigarro. Tinha acabado de consultar o relógio quando ouviu passos na escada interna.

Dona Neném apertou-lhe a mão, sem poder dizer nada. Estava diferente, quase irreconhecível, assim despenteada e sem pintura, com os olhos e o nariz inchados e vermelhos. Não olhava para ele. Tinha uma cara de choro muito feia e dava respostas quase incompreensíveis às suas perguntas. Ele cansou-se de interrogá-la sem resultado e, não conseguindo mais suportar o constrangimento que aquela cena lhe produzia, pediu que o deixassem ver o corpo de Seu Magalhães.

Este ainda não tinha sido removido da cama em que o médico legista o fizera colocar para proceder sumariamente à verificação da *causa mortis*. Estava vestido com um jaquetão azul-marinho e tinha a perna esquerda meio encolhida. Mas na expressão do rosto não havia nenhuma dramaticidade que lembrasse o suicídio. Ao contrário: a fisionomia não podia estar mais tranqüila. Apenas a figura lívida e impassível que Seu Aderne via não se identificava, no seu espírito, com a do companheiro bonachão de todos os dias. Nem parecia um corpo humano, um corpo que tivesse vivido.

A empregada aproximou-se:

— O senhor não podia tratar do enterro e encomendar o caixão? Dona Neném não sabe cuidar dessas coisas e a patroa não quer sair do quarto de costura. Se não aparecer uma alma caridosa que arrume tudo, nem sei o que há de ser desta casa.

Seu Aderne prontificou-se a tomar todas as providências.

— Onde é que está a Dona Neném? Diga a ela e à Dona Matilde que eu faço questão de tratar de tudo e que as despesas correm por conta da firma. Eu já devia ter dito isso a ela. Mas é preciso perguntar lá dentro se não deixaram aí o atestado de óbito. Sem ele a gente não pode fazer o registro do falecimento, nem arranjar o enterro e a sepultura. Eu tenho de apresentar o atestado à pretoria e daí sair com uma certidão para a Santa Casa. Quando é que querem fazer o enterro? Hoje mesmo não pode ser. Só amanhã cedo. Diga lá dentro que elas podem ficar sossegadas que eu cuido de tudo. Mas não vá se esquecer de pedir o papel, o tal atestado de óbito que o médico deve ter deixado aí.

Seu Aderne tinha dado alguns passos, enquanto falava à criada. E ficou encostado ao batente da porta do quarto de Seu Magalhães, evitando pousar a vista de novo sobre o cadáver.

Passaram-se muitos minutos sem que a empregada voltasse e ele se impacientou:

— Que gente esquisita e mole, meu Deus! Será que ninguém aqui se lembrou de pedir esse atestado, nem sabe de nada?

De fato, ninguém pôde dar notícia do tal atestado. A empregada veio dizer que o médico tinha estado lá, sim, mas que não deixara papel nenhum. Ela não sabia quem era o médico, nem quais autoridades policiais que tinham comparecido.

— Será possível? Está bom...Que é que se há de fazer? Nesse caso, diga lá dentro que eu vou ver se apuro isso tudo e que depois volto.

Desceu a escada rapidamente, meio irritado, e apanhou o chapéu sobre a arca, sem se voltar para a empregada, que o tinha acompanhado com um ar de dona de casa segura de si. Mas quando ele chegou à rua sentiu-se desanuviado, pensando que seria horrível ter de ficar velando aquele cadáver o dia inteiro e depois ainda varar a noite ali. Além disso, era mesmo preciso providenciar para tudo. Que gente sem iniciativa.

Foi caminhando apressado até a esquina e tomou um táxi que passava.

Ao regressar, de tarde, tinha apurado o que era preciso fazer e tomado as medidas necessárias para resolver a situação. Vinha satisfeito com as duas coroas ricas que mandara confeccionar: "Homenagem de Aderne & Cia." e "Ao amigo Magalhães, preito de saudade e gratidão do Aderne".

Entretanto, tudo permanecia na mesma em casa de Seu Magalhães. Dona Matilde continuava no quarto de costura e Dona Santinha estirada no canapé do cômodo dos fundos. Dona

Neném, aparvalhada, dando as mesmas respostas incompreensíveis, era quem se prestava a receber os pêsames das poucas visitas que chegavam. Assim que entrava alguém, a criada ia buscá-la para fazer, mal mal, as honras da casa e, em seguida, reconduzia-a lá para dentro, enquanto as pessoas introduzidas se iam acomodando por si mesmas na sala de visitas ou na própria saleta de entrada, em pequenos grupos desconfiados.

Quando tudo ficou em ordem e principiaram a afluir visitas em maior número, Seu Aderne achou oportuno entrar em entendimento com Dona Matilde. Bateu com firmeza à porta do quarto de costura:

— Dona Matilde, dá licença? Aqui é o Aderne. Eu preciso conversar com a senhora.

A viúva não relutou, ao ouvir a voz do sócio do marido. Abriu a porta imediatamente para que ele entrasse, mas tornou a fechá-la a chave, com um ar rancoroso, assim que Seu Aderne passou.

— Dona Matilde, eu estou aqui desde cedo, mas não quis incomodar a senhora. Foi tamanha a desgraça... A senhora havia de querer estar mesmo recolhida e com toda a razão. Não é para menos. Eu não quis incomodar.

— Não. O senhor não incomodava, não. Eu não queria é que essa gente me amolasse.

Dona Matilde tinha voltado a sentar-se na cadeira de balanço e olhava firme para Seu Aderne, com a expressão dura, sem nenhum indício de tristeza no rosto magro. Ele perturbou-se:

— Eu também sou como a senhora. Quando estou aborrecido, não gosto de ver ninguém.

Disse isto para dizer alguma coisa. Mas só lhe dava vontade de levantar-se e se despedir – "então, meus pêsames" –, para disparar dali o mais depressa possível.

Dona Matilde, porém, replicou sem demora:

– Foi uma desgraça, sim. Mas o senhor não sabe da missa a metade. E eu preciso lhe falar, porque estou querendo ir-me embora desta casa, quanto mais cedo melhor. Se o senhor me arranjar um quarto em qualquer lugar, eu saio agora mesmo, aí pelos fundos.

– Sair daqui? Mas por que isso, Dona Matilde? Seu lugar é aqui mesmo. A Dona Neném está abatida demais, desde cedinho nesta lufa-lufa.

– Pois elas é que têm de agüentar. Eu, não. O senhor quer saber? Eu não aturo nada disso, por coisa nenhuma. O que eu quero é ir-me embora para longe daqui e quanto mais longe melhor. Elas que se arrumem. Aquela está abatida demais? O senhor quer saber, Seu Aderne? Se ela está abatida assim é porque tem muito peso na consciência. Ela sabe muito bem que deu motivo pra ele querer morrer.

– A senhora está muito nervosa. Convinha tomar um calmante.

– Eu? Não estou nervosa, não. O senhor é que pensa. Pode até achar que eu não estou regulando e que essas coisas que eu disse aí são de doida. É porque o senhor está muito longe de saber, Seu Aderne. Mas eu vou lhe contar, porque preciso, apesar de toda a vergonha. Olhe, Seu Aderne: ele se matou com esse tiro foi só por causa do que fez com ela. Eu não desconfiava de nada, porque não podia desconfiar de tanta sujeira na minha casa. Mas ela andava estes dias doente, com muitas tonteiras, até vomitando volta e meia e, ontem de tarde, sem ela saber, eu mandei chamar o médico. Isso, como estou lhe dizendo, sem desconfiar de nada desta vida. O médico veio, de noite, quando ela menos esperava. Assim que ele chegou, ela quis fazer barulho e não deixar a gente saber o que ela tinha. Mas eu fiquei zangada e ela acabou deixando. O médico examinou, examinou, e depois deu um jeito pra me chamar de parte e me avisar: isso só pode ser gravidez. Foi aí que eu caí em mim. O médico foi-se embora e eu não falei nada com ela. Mesmo porque eu não podia: era demais pra mim, porque eu tive logo certeza das coisas que eu não sabia nem podia saber até aquela hora. O outro estava lá fora, no quarto dos fundos e nem viu entrar o médico. Eu peguei e fui lá e sem xingar, nem brigar, nem nada, contei a ele tudo que o médico tinha me dito e fui logo mostrando também que eu tinha certeza que era ele o culpado daquilo. Depois eu disse também: vocês lá se entendem. Pode ficar aqui com ela na sua casa, que eu amanhã cedo tomo rumo. Quando foi hoje de manhã, ele deu esse tiro no peito.

Dona Matilde calou-se um pouco, fitando Seu Aderne nos olhos. Mas não tardou a prosseguir com um azedume que aumentava:

— E o senhor pensa que foi só com aquela? Eu é que estava cega e não podia desconfiar de nada, porque elas são, todas duas, minhas irmãs que eu ajudei a criar. Mas a outra, a mais moça, foi a mesma coisa. Se ela não está também esperando filho eu não sei por que, nem quero saber. O que eu sei, com toda certeza, é que com ela foi a mesma coisa. Tanto com uma como com outra, ele ficava horas e horas naquele quarto dos fundos, como coisa que andasse cuidando só de colar selo na tal coleção dele. Eu, feito pateta, trabalhando o dia inteiro dentro de casa e cosendo, de noite, pra elas duas. Da mais moça eu não cheguei a dizer nada a ele, nem a perguntar coisa nenhuma, mas não tenho dúvida que com ela foi a mesmíssima coisa. Por que é que não havia de ser? Com essa até é que ele tinha mais coisas e ela é que ele levava pra lá mais vezes! Eu não estava dizendo que o senhor não sabia da missa a metade? Por isso tudo, Seu Aderne, é que eu quero sair desta casa. Minha mala está pronta desde ontem mesmo. O senhor não podia fazer o favor de ir comigo a um hotel pra tomar um quarto qualquer, até se arranjar outra coisa?

Seu Aderne tentou dissuadi-la, com argumentos que a ele próprio se afiguravam pouco persuasivos. Depois, diante da firmeza severa de Dona Matilde, dispôs-se a acompanhá-la e foi telefonar para pedir um táxi do ponto de estacionamento mais próximo.

Desceram por uma escada externa que servia ao terraço dos fundos. Dona Matilde empunhava uma valise de mão, enquanto ele carregava a mala maior, arrumada na véspera. Esgueiraram-se pelo jardim escuro e foram tomar o automóvel que os esperava em frente do portão. Só a cozinheira é que pressentiu a saída de Dona Matilde, mas ficou inteiramente perplexa, sem compreender o que se passava.

Enquanto isso, a noite se tinha insinuado devagar pelo quarto em que a moça chorava de fazer dó. Ela não percebia a obscuridade que veio pouco a pouco crescendo à sua volta.

Chorava ainda de bruços sobre o canapé de palhinha, sem sentir que tudo em torno dela se perdia na escuridão. E quando lá fora a noite desceu sobre o pomar, ela foi adormecendo, extenuada e esquecida de tudo.

O velório, entretanto, principiava a se definir na sala de jantar. Tinham feito Dona Neném deitar-se, assim que lhe voltaram as tonteiras e aquele enjôo e, a partir daí, a situação se precisou. Saíram os que tinham vindo dar pêsames sumariamente e ficaram apenas os que se dispunham mesmo a passar a noite ali. Eram alguns amigos mais afeiçoados a Seu Magalhães, dois ou três empregados da firma e poucas outras pessoas, que gostavam daquilo.

Foram-se formando os grupos para a conversa mole. E quando Seu Aderne voltou do hotel onde deixara Dona Matilde, percebeu que se tinha dissipado a atmosfera de constrangimento que se respirava até então na casa do amigo. Estabelecera-se uma cordialidade quase efusiva entre os circunstantes ainda há pouco tolhidos pelo mal-estar. Só ele se sentia abafado e intratável.

Ouviu a conversa próxima:

— O velho é que tem uma roda de *poker* três vezes por semana, que ele não troca por coisa nenhuma. O jogo é baratinho, mas gozado, porque numa mesa de *poker* o velho é uma novidade.

Era um sujeito alourado que falava. Os outros pareciam interessados e deviam ter também casos do mesmo gênero a contar.

Seu Aderne afastou-se, irritado, achando o sujeito um cretino. Como é que se podia entreter ali uma conversa daquelas? Foi se acercando do caixão e fitou de perto outra vez o corpo de Seu Magalhães. Observou demoradamente a expressão do rosto, que lhe pareceu agora refletir uma certa afetação de superioridade. Quem é que haveria de dizer? Porque ninguém podia negar: Seu Magalhães era um homem de bem, um homem direito. No entanto, vai-se ver, para essa coisa de mulher sai um tipo safado. Pegar as duas cunhadas! (Seu Aderne custava a se compenetrar da revelação que lhe tinha feito a viúva do amigo.) Procurou lembrar-se, primeiro, do feitio de Dona Neném: bem que ele a tinha achado mudada, esquisita, quando chegou. Depois, recordou a figura de Dona Santinha. Morena bem interessante. Lembrou-se dela no carnaval, fantasiada de malandro. Que sujeito safado, Seu Magalhães. Com aquele jeitão de songa-monga. Coitada da Dona Matilde. Que choque ela não deve ter levado. Mas que mulher dura! Qualquer outra havia de estar chorando sem parar ou dando algum escândalo. Ela não. Nem uma lágrima, nenhum destampatório. Mas que cara, a dela, quando disse boa noite...

Deu-lhe vontade de fumar e ele se afastou do caixão, para procurar uma cadeira encostada à janela. Naquele momento, a empregada se aproximava trazendo uma bandeja com cálices de vinho do Porto e uma lata de biscoitos Maria.

— O senhor é servido?

Seu Aderne lembrou-se então de que não tinha jantado. Aceitou o vinho do Porto e serviu-se de biscoitos, espiando, meio desconfiado, as pessoas mais próximas. Já era um outro grupo, onde ele avistou o Vilaça, que ainda na véspera tinha estado em conversa com Seu Magalhães, no escritório. O conhecido e os companheiros tomaram apenas o vinho. Com certeza já tinham todos jantado. Seu Aderne não conseguiu matar a fome com aqueles poucos biscoitos Maria. Quando a criada voltou com a bandeja para recolher os cálices vazios, ele teve vontade de tirar da lata mais alguns, mas ficou acanhado.

Acendeu, porém, o cigarro, já menos abafado e intratável, e olhou lá fora a noite clara e convidativa. Depois, insensivelmente, foi sendo atraído pela conversa do Vilaça:

– Pois o mulato passou a perna em todo mundo. Lascou um prejuízo à praça de mais de seiscentos contos. Deram queixa dele, a polícia virou, mexeu e não pôs a mão no sujeito. Mas isso, naquela zona, acontece quase todo dia...

O enterro de Seu Ernesto

Tinham, na véspera, transportado o corpo para o necrotério da Venerável Ordem Terceira da Penitência. Desde certa distância, entre as árvores do pátio, divisava-se o caixão sobre uma das mesas de mármore.

A viúva veio ao nosso encontro e apresentou-nos às irmãs e sobrinhas de Seu Ernesto, que confabulavam, de preto, em dois ou três grupos, junto à porta do necrotério. Uma das irmãs com ar de importância e ornada de um chapéu, aceitou os pêsames com uma frieza digna.

Mas mal trocamos umas poucas palavras com a família enlutada, porque logo nos acercamos do corpo, vestido com o hábito da Ordem e o rosto amarrado por um lenço branco, para fixar o maxilar inferior em posição normal.

— Ontem mesmo conversei muito tempo com ele lá em cima no hospital — foi me dizendo outra das irmãs, menos importante e sem chapéu. — Coitado, ele me pediu muito que fizesse a

Amália se internar também na Ordem, que ela aqui tinha tudo pra se tratar e comer.

— Então ele percebeu que morria?

— Ora se percebeu, coitado! O enfermeiro me contou que quando chegava a hora dele, Pi ainda se levantou da cama dizendo que queria ver a mulher. Foi preciso o moço deitar Pi outra vez a força. E ele tornou a querer se levantar, até que foi acabando...

Custei um pouco a entender que era a Seu Ernesto que a mulher chamava de Pi. Com certeza apelido que as irmãs lhe deram em menino.

Aliás, Seu Ernesto não tinha somente irmãs. Havia também um irmão, que é hoje sub-oficial da Armada. Não sei se mais velho ou mais moço que Seu Ernesto. Creio que mais moço, porque, do contrário, já estaria reformado. É mesmo provável que houvesse entre eles grande diferença de idade. Mas com a irmã que o visitara na véspera é que ele deveria ter sido mais ligado. Era a única que parecia sentir pesar pela morte dele.

De resto, as relações que ele mantinha com a família, desde o tempo em que decidiu casar-se com D. Amália, eram muito poucas.

Trabalhava na Garantia da Amazônia quando a conheceu. Ela era então criada de servir não sei em que rua. A princípio, o casamento parecia ter dado certo, apesar de o ter incompatibilizado mais ou menos com a família. Mas, de certa altura em diante, desandou-lhes a vida pouco a pouco.

Seu Ernesto principiou a sofrer aquelas dores tremendas, que procurava aliviar com agüinhas preparadas segundo receitas do espiritismo. D. Amália deu para emagrecer e tossir.

Câncer no piloro *versus* tuberculose pulmonar.

Nos últimos tempos, moravam numa casa de cômodos na rua General Pedra. Seu Ernesto dizia que o quarto era bom: uma sala de frente, espaçosa e ventilada. Os inconvenientes decorriam da poeira das imediações e do carvão de pedra da linha de trem, que ficava perto. O diabo, porém, era a senhoria. Segundo Seu Ernesto, boa pessoa em estado normal: tomara até uma criança pobre para criar e tratava-a como se fosse um filho. Mas quando se danava a beber, não havia mais quem pudesse com ela, até o momento em que o marido se dispunha a lhe dar uma surra.

Em tais oportunidades, aliás freqüentes, Seu Ernesto via o diabo, tendo que se utilizar da cozinha comum para preparar as refeições dele e de D. Amália, que não tinha mais saúde para serviço pesado. A senhoria envenenava-lhe a alma com deboches azedos, chegando muitas vezes às injúrias grosseiras. Ele era homem que não sabia ficar calado. Mas D. Amália não gostava de discussões e, cada vez que a senhoria tomava uma bebedeira, ela era atacada de sufocação e não sossegava enquanto não disparasse para a rua com o marido. Porque "embora pobre, tinha, graças a Deus, outra educação e não podia ver certas coisas".

Mas o que parecia inconcebível, depois de apurado o caso do câncer no piloro, era a resistência de Seu Ernesto à dor física. É certo que por duas ou três vezes ele chegou a se recolher ao hospital da Ordem. (O pai, português prático e apatacado, fizera de todos os filhos irmãos da Ordem Terceira da Penitência.) Era, entretanto, incrível que Seu Ernesto tivesse podido, com as dores atrozes que devia sentir, trabalhar, como trabalhava, a semana toda no escritório e ainda cozinhar diariamente e lavar a roupa do casal, para poupar canseira à mulher. Tudo isso até há muito pouco tempo: quer dizer até a última extremidade.

— A senhora soube se ele sofreu muito estes últimos dias?

— Sofreu muito, coitado. E morreu sozinho aqui. A mulher não veio ontem, que era dia de visita, porque disse que estava ameaçando chuva e ela tinha medo de adoecer. Eu, que lá em casa estou com uma porção de meninos para criar, não deixei de vir fazer um pouquinho de companhia a ele. Só não pude ficar mais porque precisava de ver as crianças e tratar da janta. Mas o senhor não acha que ela devia de vir e de ficar até o pobre do marido acabar? Pi só falava nela e até na hora de morrer queria levantar para ir junto dela. Enfim, são destas coisas que a gente não entende ou, por outra, entende demais. O senhor não acha?

— Talvez ela não percebesse a gravidade do estado de Seu Ernesto.

A resposta foi dada com constrangimento. Minha conhecida única ali era a própria D. Amália, que procurei então com os olhos, fixos desde a chegada sobre o cadáver. Ela andava, agitada, de uma extremidade à outra do necrotério, murmurando coisas sobre a chuvarada que ameaçava desabar. De vez em quando parecia espreitar o que a cunhada me dizia. Mas não se aproximava de nós, nem sossegava um minuto.

A tempestade que se armava era realmente alarmante. A tarde viera escurecendo de mais a mais e agora a ventania principiara a sacudir com ruído as copas pesadas das árvores que sombreavam o pátio do hospital. Caminhei até a porta para espiar o céu coberto de nuvens escuras como um toldo encardido ameaçando romper-se.

— Com essa chuva desesperada que vai cair eu não posso ir ao cemitério, meu Deus do Céu... Nosso Senhor me tirou a saúde e se eu apanhar chuva e ficar com a roupa e os pés molhados eu não sei o que será de mim, meu Deus do Céu... O doutor falou que eu não podia ficar com os pés molhados... Coitadinho de Pi, Deus Nosso Senhor está lá no céu e sabe que eu queria tanto acompanhar ele até no cemitério, mas eu não posso ficar com a roupa e os pés molhados porque Nosso Senhor me tirou a saúde e agora eu não tenho mais quem cuide de mim... Com essa chuva que vem aí eu não posso ir ao cemitério. O senhor não acha?

Enquanto D. Amália falava, sempre depressa e com a respiração ofegante, a cunhada fitava-a com uma expressão amargamente hostil. Já as duas outras irmãs de Seu Ernesto, a de chapéu e a terceira, haviam transposto a porta do necrotério e, com as demais parentes (uma das quais caolha), se tinham aglomerado num canto onde havia bancos.

Resmunguei qualquer coisa ininteligível como resposta à pergunta angustiosa de D. Amália. Em seguida, convidei-a a vir comigo até junto do corpo de Seu Ernesto, pois a hora do enterro não tardava.

Ela fez uns poucos passos hesitantes em direção à mesa sobre a qual se achava o caixão. E à medida que eu me acercava mais do cadáver, ela ia, pouco a pouco, se esgueirando em outro sentido.

A cunhada estava cada vez mais amarga com D. Amália. E esta, evidentemente possuída de um medo invencível do defunto, recomeçara a sua caminhada nervosa de um lado para outro do necrotério, sempre a se lamentar sobre a tempestade iminente.

Entretanto, como já faltavam apenas poucos minutos para a hora do enterro, entraram os empregados da Ordem incumbidos de transportar o caixão até o coche fúnebre, que esperava embaixo da ladeira. Com o aparecimento dos homens fardados, as parentes de Seu Ernesto se movimentaram todas em direção ao corpo, para assistir ao fechamento do caixão. Seu Guimarães também aproximou-se.

— Vem ao menos despedir dele — disse a irmã irritada a D. Amália, que continuava a se agitar pelos cantos do necrotério.

A viúva fez menção de encaminhar-se para o ponto em que todos se achavam reunidos, em torno do corpo de Seu Ernesto. Tinha, porém, dado apenas uns três passos, quando o medo a deteve:

— Eu não posso.

Ela disse estas palavras com uma voz exausta. Então, apiedado, voltei-me para as irmãs de Seu Ernesto, ensaiando uma justificativa da atitude de D. Amália. Procurei explicar o seu medo pelo estado deplorável da saúde dela e pela nervosia extrema em que se achava. Mas uma das cunhadas me interrompeu com azedume:

— Ela está com medo do pobre do marido que morreu por causa dela? Disse que não pode nem se despedir dele? Ela tem nervoso de ver ele? Isso é porque ficou com a consciência suja. Ela devia ter é medo do castigo. A gente paga essas coisas, senão neste mundo mesmo, no outro mundo. Mal agradecida! Nem mesmo para se despedir do desgraçado que sacrificou a vida por causa dela. Não era só ganhar a vida dele, coitado. Era cozinhar, lavar roupa, varrer o quarto, para ela ficar no seu bem bom...

Apesar das censuras acerbas que lhe fazia em voz alta a cunhada, D. Amália prosseguia na sua caminhada tonta, a distância. Fui à sua procura para induzi-la a aproximar-se do corpo, ao menos para pôr termo àquela explosão de ressentimento da família do marido.

— Eu não gosto de questões, não estou acostumada com essas coisas. Eu sou pobre, mas tenho, graças a Deus, outra educação...

D. Amália ia me repetindo o que tantas vezes já dissera a propósito das brigas com a portuguesa, proprietária da casa de cômodos da rua General Pedra. Mas, pouco a pouco, deixava-se conduzir até junto ao caixão.

Com sua presença ao pé do corpo cessaram as recriminações ameaçadoras da cunhada, que tinham continuado enquanto eu falava à D. Amália.

Esta, depois de alguns momentos de imobilidade silenciosa, perguntou quase ao meu ouvido:

— O senhor acha que eu devo beijar ele?

Seu Guimarães, que se encontrava também a meu lado, principiou a dar mostras de impaciência, resmungando uma espécie de protesto.

— Acho que sim, D. Amália.

Ela não se decidia, aterrada. Até aquele momento não ousara sequer deter a vista um momento sobre o cadáver do marido. Olhava insistentemente no sentido da porta, com a idéia fixa da chuva que não poderia tardar.

Passados mais alguns minutos, perguntou novamente:

— O senhor acha que eu devo beijar ele? Eu não posso, eu não tenho coragem.

Seu Guimarães não se conteve mais:

— E esta! Pensa que os outros é que hão de saber se ela beija o marido ou não! Homessa!

Mas eu fui dizendo a D. Amália:

— Acho que a senhora deve. Isso não há de ser muito custoso. É coisa só de um instante. E se a senhora não beijar, a família vai ficar aborrecida, achando que a senhora não tinha estima a seu marido. A família não compreende essas coisas. Pensa que a sua nervosia é pouco caso e falta de amizade a Seu Ernesto.

Tudo isso foi respondido também em voz muito baixa, para não ser ouvido pelas cunhadas e sobrinhas de D. Amália.

Ela hesitou ainda muito. Aproximava-se do caixão e recuava. Decidiu-se afinal e beijou o cadáver na fronte.

As irmãs e sobrinhas se curvaram, em seguida, uma a uma sobre o corpo de Seu Ernesto, até que, terminada a despedida da família, os homens fardados se apoderaram do caixão. Ao fecharem-no, vi ainda de relance o rosto fino de Seu Ernesto, parecido com o retrato do Marquês de Olinda.

O enterro tinha de se fazer no cemitério da Ordem da Penitência, ao lado do do Caju.

D. Amália, depois de relutar bastante por causa da chuva próxima, consentiu em seguir o féretro, de automóvel, em nossa companhia. As irmãs tomaram outro carro, que constituía com o nosso o cortejo.

Seu Guimarães, ao lado do chofer, iniciou uma conversa sobre as regalias que desfrutavam os irmãos da Ordem da Penitência: remédios, médico, hospital, tudo de graça e à vontade, enquanto durasse a vida e, depois da morte, ainda o enterro e a sepultura de graça.

D. Amália, no entanto, principiara simultaneamente a fazer considerações sobre o beijo que dera ao cadáver.

— Agora eu já estou consolada porque pude beijar ele. É um alívio que eu sinto por ter beijado ele. Coitadinho de Pi, ele não mudou nada: estava direitinho ele. O senhor não achou? Só naquela hora é que eu tive coragem de olhar bem pra ele e vi como ele estava bonitinho. Eu tive medo que ele ficasse diferente, mas ficou direitinho ele mesmo e eu senti um alívio de ter beijado ele. Ele gostava tanto de me beijar. Inda outro dia, quando eu fui ver ele lá no hospital, ele sentou na cama e me pediu que desse nele um beijinho. Eu fiquei com uma vergonha. Aquela gente toda ali na enfermaria. Podia até um vigilante dizer à gente alguma coisa e eu morria de vergonha, Deus Nosso Senhor me livre. Mas Pi gostava tanto de me pedir um beijinho. Eu fiquei aliviada de ter ao menos beijado ele pra despedir... Nossa Senhora! A chuva já começou. Eu não tenho saúde pra apanhar chuva. Deus Nosso Senhor me tirou a saúde e eu não posso ficar com os pés molhados, nem com roupa molhada no corpo. O doutor falou que eu não posso e que é veneno pra mim apanhar umidade. Eu nem sei o que será de mim, agora. Mas tenho muita confiança em Deus Nosso Senhor e em Nossa Senhora e também no senhor e no dr. João, que hão de me ajudar porque sabem que eu não tenho mais ninguém por mim e sempre foram muitos bons pra Pi e ele estimava muito os senhores, o senhor e dr. João. Essa gente da família dele não gosta de mim e eu não gosto de questões, porque tenho outra educação, graças a Deus. Sou pobre, mas não estou acostumada com essas coisas. Eu fui criada de outro modo e não posso com essas coisas, Deus Nosso Senhor me livre...

Durante todo o trajeto D. Amália falou sem cessar, apesar da dificuldade de sua respiração, agravada provavelmente pelas emoções e pelo cansaço. Mas, desde que entramos pela rua São Cristóvão, a chuva aumentou consideravelmente e ela pôs-se a repisar o que já tinha dito mil vezes sobre os inconvenientes de molhar a roupa e os pés. Quando chegamos ao portão do cemitério, como as cunhadas se aproximassem do nosso automóvel, que viera por último, D. Amália declarou-lhes que não poderia descer para acompanhar o caixão até a sepultura.

— Deus Nosso Senhor há de me perdoar de não levar Pi até lá em cima, porque ele me tirou a saúde e esta chuva é um veneno pra mim. O doutor já disse que eu não podia ficar com os pés molhados e com roupa molhada no corpo...

As irmãs de Seu Ernesto reagiram com violência.

— Que é que tem, pr'ocê, adoecer, agora que seu marido morreu de tanto trabalhar e penar pra te sustentar e te dar sossego? Que mal faz você apanhar chuva uma hora que ele não está aí mais? Então você importa lá com a vida e com chuva, sem ele? Você não tem é coração nenhum nesse corpo.

Seu Guimarães interveio:

— Pode descer com meu guarda-chuva. A senhora não adoece não, que a subida é calçada e tem cimento até lá em cima. Pode descer por minha conta.

Entre as invectivas das cunhadas, D. Amália desceu afinal do automóvel, quando os empregados da Ordem que tinham empunhado as alças do caixão já manifestavam impaciência com tanta demora debaixo da chuva. Seguimos atrás deles ladeira acima, sem que as irmãs de Seu Ernesto cessassem de recriminar amargamente.

— Ora se já se viu semelhante coisa. Ela que se importa com o pobre do homem que morreu? O que ela quer é não molhar os pés pra não adoecer. Outra havia de querer morrer quando ficou sem ele. Esta não, ela nem quer levar o marido pra sepultura, pra não molhar os pés. Que que tem adoecer depois que pobre de Pi morreu e não está mais aí pra vigiar você?

— Muito mal agradecida é que ela é e sempre foi, toda a vida. Pi fez de tudo pra ela e penou até morrer. Foi o que ele tirou de casar com gente da laia dela.

— Olha se paga a pena viver sem ele agora. Comer e beber depois que ele morreu e sofreu tanto. Já se viu isso? Gente que tivesse coração incomodava lá com chuva e pé molhado, na hora de seguir o caixão do marido até na cova? Pobre de Pi foi mesmo muito desgraçado.

Seu Guimarães achou impróprias aquelas exposões de ressentimento à hora do enterro:

— Isso é até uma falta de respeito. Eu nunca vi isso na minha vida. As senhoras hão de ficar caladas e de acompanhar o enterro com respeito. A D. Amália bem que desceu, e as brigas a gente deixa pra outra hora. Até esses homens hão de estranhar esse bate-boca no cemitério.

D. Amália, entretanto, parecia insensível e surda, quer às censuras das cunhadas, quer às ponderações decorosas de Seu Guimarães. Ia falando sozinha sobre o alívio que lhe causara o beijo de despedida ao marido.

— Tão bonzinho que ele era e tão acomodado. Aquele gênio de resmungar e pegar a falar toda a vida era costume dele só. O coração dele era muito bom e ele não sabia fazer mal a ninguém. Era uma dama.

Já o caixão, preso às correntes, tinha baixado com certa dificuldade ao fundo da sepultura. Os coveiros cobriam-no agora de terra vermelha, com as pás apressadas pela chuva. A tarde escurecera rapidamente.

Houve um silêncio de alguns minutos depois que a última pá tinha ajeitado a terra fofa sobre a sepultura e correra com um ruído irritante sobre os bordos de cimento da cova.

D. Amália, de repente, pôs-se a falar, no momento em que um homem colocava sobre a sepultura a coroa de *biscuit* e os ramos de flores trazidos a Seu Ernesto.

— Adeus, meu marido, meu amado marido. Descansa sossegado e em paz com Nosso Senhor. Essas flores, estas rosas ficam aí, assim como a saudade no meu coração...

Era uma espécie de discurso, uma coisa inteiramente imprevisível em D. Amália, àquela hora, debaixo de chuva.

— Ora, saudade no coração... Isso tudo é da boca pra fora.

— As flores podem murchar, mas a saudade e o amor hão de ficar no meu coração enquanto ele bater!

As irmãs de Seu Ernesto, já desciam a ladeira, de volta, enojadas.

Despedimo-nos friamente, no portão do cemitério, mas ainda fui com Seu Guimarães acompanhar D. Amália, de automóvel, até uma avenida da rua Machado Coelho, perto do Mangue.

Iniciação

Quando Pedro voltou do Rio, preocupado, trazendo certas noções confusas sobre a questão sexual, produziu uma agitação intensa entre os irmãos e primos. Até esse tempo eles tinham vivido interessados somente em pegar passarinhos e urdir planos complicados para tomar banho nas represas que os moleques preparavam nos córregos das imediações. Ao longo das ruas rasgadas na terra vermelha do antigo Curral-d'El-Rey, as capoeiras subsistiam nos lotes destinados a residências dos funcionários públicos. Por todos os lados, a vegetação do campo teimava em contestar a existência da cidade erigida ali em capital. Belo Horizonte ainda tinha cheiro de mato. Mas desde o dia em que os meninos foram surpreendidos pela revelação impressionante trazida do Rio de Janeiro, cessaram as brincadeiras despreocupadas.

No casarão do avô, onde se reuniam, principiaram numerosas confabulações pelos cantos, para debater o problema. Entretanto, bem pesadas as informações recebidas, era muito pouco o que eles conseguiam apurar da contribuição de Pedro e das cogitações dos outros. No Rio, a Joaninha, filha de um amigo da família, explicara vagamente ao pequeno a finalidade dos órgãos genitais, aludindo ao emprego que faziam destes o irmão dela e o famoso Papai Basílio. Finalmente, fizera uma referência sibilina a outra questão correlata, que ela chamou a "doença da mulher" e sobre a qual se recusou a fornecer esclarecimentos mais completos. Esses dados, porém, eram obscuros. E por mais que a assembléia solicitasse novas informações sobre os aspectos da questão que lhe pareciam mais relevantes, Pedro não sabia adiantar coisa nenhuma além daquilo. Em aditamento às explicações sumárias, só lhe conseguiram arrancar trechos truncados de uma cantiga alusiva às meninas que tinham sido enganadas pelo Papai Basílio.

Aquela incerteza ansiosa perturbava o sono das crianças e imprimia um caráter de gravidade às suas reuniões no galinheiro e em outros locais afastados do quintal. Houve uma fase em que cada um dos meninos era trazido por sua vez na carrocinha do jardineiro à presença dos outros, a fim de ser examinado convenientemente. No mesmo sentido havia também iniciativas individuais, pesquisas isoladas. Antoninho, o mais moço de todos, foi encontrado um dia procedendo ao exame em si mesmo, com o auxílio de uma lente. Passou a ser apelidado o sábio.

Acabaram, no entanto, por se desenganar daqueles processos empíricos de investigação. Tentaram então recorrer aos autores, que se poderiam encontrar à mão, a horas propícias, no escritório do avô. Mas em pura perda. Só o Osório é que em certo dia apurou o seguinte num dicionário: "Meretriz — S. F. — Prostituta. Mulher que cede os seus favores obscenos por dinheiro".

Uma tarde, Siá Chica foi buscá-los no parque municipal, a mandado da avó. Era mulher de idade incerta, que andaria pela casa dos cinqüenta. Feia e magra, com o rosto tatuado de uma infinidade de rugas e tresandando um cheiro intenso de cachimbo apagado. Morava para os lados de Santa Luzia, mas vinha constantemente vender ovos à cidade, dentro de um baú de folha onde havia rosas pintadas. Costumava também uma vez por outra prestar serviços de criada às senhoras mais conhecidas da freguesia. De resto, era amalucada.

Os meninos animaram-se a solicitar-lhe os favores obscenos. E Siá Chica não se molestou. Custou um pouco a compreender ao certo o que lhe queriam, mas respondeu afinal com simplicidade:

— Só se for na praça, à hora da banda de música.

Passaram-se depois os dias desanimadoramente, sem que nenhum fato novo viesse tirar o grupo da perplexidade em que o deixara a esquisita resposta de Siá Chica. Eles já se inclinavam a duvidar da veracidade das revelações devidas à Joaninha quando, à passagem de uma rapariga nova e sacudida, ouviram o empregado do vizinho ponderar:

— Essa eu não mandava pro bispo. Levava ela direitinho pra capoeira.

— Mais um que sabe de tudo!

Joaquim chegou a essa conclusão impressionadíssimo. Discutiu de novo o assunto, conferenciou com os outros e, ao chegar a noite, custou a dormir, revolvendo mais uma vez no espírito o problema intrincado. Lembrava-se da expressão com que o empregado dissera aquilo e revia a figura inquietante da rapariga.

Entretanto, no fundo, duvidava ainda da exatidão da história contada pela Joaninha.

Mas no dia seguinte, por qualquer má-criação, puseram-no de castigo na varanda lateral da casa, que dava para a parte mais extensa do jardim. Tinham fechado todas as portas e janelas que comunicavam com o interior, para impedir que ele escapasse.

Ficou assim por muito tempo, tendo o alpendre por menagem. Espiava os bondes que subiam e desciam a rua dos Timbiras, além do muro, de vinte em vinte minutos. Viu as pessoas que apeavam à esquina da padaria: D. Felicíssima, Seu Alisson, o Coronel Germano, com a vasta barba branca separada em dois feixes. Todo esse espetáculo familiar, ao som dos exercícios que tocavam ao piano as filhas de Seu Galdino, infatigavelmente. Ele sentia uma impressão obscura de cansaço e de tristeza ao som daquelas escalas. Sentou-se no ladrilho da varanda e meteu as pernas e os braços entre as grades de ferro. Balançava os membros inferiores no espaço, olhando distraidamente a criada que embaixo tinha principiado a varrer o cimento encardido, ao longo dos canteiros de terra vermelha.

Chamava-se Zulmira. Tinha sido ajustada poucos dias antes.

Ele teve a idéia de interpelá-la. Fez-lhe o mesmo pedido formulado anteriormente a Siá Chica. Mas quase sem convicção.

A rapariguinha suspendeu a vassoura, olhou para um lado e para outro e veio se aproximando lentamente. De perto, levantou o rosto trigueiro para a varanda e disse em voz baixa:

— Não tem lugar.

"Puxa, que tudo aquilo é verdade mesmo!", pensou o menino. Ficou assombrado. Sua emoção foi tão grande que não lhe permitiu dar seguimento à conversa. Mas, pouco a pouco, aquela espécie de assentimento lhe foi parecendo fundado nos mesmos motivos incompreensíveis que tinham inspirado a resposta absurda de Siá Chica, que lhe dera a impressão de uma evasiva. E acabou recaindo na dúvida e na perplexidade.

Alta noite, entretanto, acordou agitado e sentiu sede. Levantou-se para tomar água do filtro colocado na copa e, ao atravessar o corredor, avistou, pela porta aberta do quarto de roupas, Zulmira deitada num colchão sobre o assoalho. Ela tinha medo de dormir no porão, no cômodo que lhe era destinado, e costumava trazer o colchão para aquele quarto, quando todos de casa adormeciam.

O menino passou com o coração aos saltos, vendo que a rapariga o pressentira e levantara o busto, amparada nos cotovelos. Apanhou a água num copo, com as mãos trêmulas. Bebeu devagar e demorou-se perto do filtro, sentindo o chão frio sob os pés descalços, sem ânimo de refazer o trajeto pelo corredor.

Afinal, criou coragem e seguiu até junto da porta do quarto em que tinha avistado Zulmira. Aí parou, sem mais energia para se aproximar. Mas ela chamou-o com um gesto: um gesto vagaroso e um sorriso indefinível.

Ele sentiu o calor dos lençóis e o do corpo ondulado da rapariga. No travesseiro, reparou pela primeira vez a forma oval de seu rosto de menina de quinze anos. Depois, foi envolvido pelo seu cheiro morno e esquisito.

Ficou deitado algum tempo sobre o corpo flexível de Zulmira, mas imóvel e hermeticamente abotoado no seu *over-all* de lã. Ela também se mantinha quieta, esperando.

Afinal, disse:

— Que coisa mais ruim.

O menino levantou-se e saiu. Veio-lhe um apertão na garganta, uma sensação violenta de frio e de remorso. Principiou a chorar baixinho e dirigiu-se para o quarto da mãe, que despertou.

Então mentiu. Disse que estava com medo e queria dormir na cama dela.

Poucas semanas mais tarde a rapariga foi despedida, porque a avó de Joaquim não costumava tolerar por muito tempo a cara das empregadas. Ele teve a princípio um grande alívio com o afastamento de Zulmira que, desde aquela noite, passara a amedrontá-lo como uma assombração. À vista dela, tinha passado a sentir-se tão constrangido, que as horas das refeições se tornaram para ele um suplício tremendo: por mais que evitasse enxergá-la, dava de vez em quando com os olhos nos da copeira, como que atraído, e logo tomava-o um impulso doido de fugir e esconder-se muito longe. Só readquiriu tranqüilidade depois de saber que ela não voltaria mais e que fôra morar em companhia de uns parentes no Capão do Urubu.

Por essa época o padre João Batista iniciara um curso de instrução religiosa, na sacristia da matriz da Boa Viagem. Dizia que não bastavam as lições elementares de catecismo destinadas às crianças que se preparavam para a primeira comunhão. Os meninos mais crescidos é que sobretudo estavam precisando de se imbuir da boa doutrina e dos bons sentimentos cristãos. Filhos das melhores famílias da cidade andavam se portando como verdadeiros moleques, na missa e nas novenas. Muitos pareciam tão perdidos que talvez já tivessem comprometido irremediavelmente a salvação da alma. O padre aludira muitas vezes, nos sermões, a esse mau comportamento da meninada de sua freguesia e fizera simultaneamente uma propaganda intensiva do curso que pretendia inaugurar. Apostrofava do púlpito, aos pais de família, num tom de voz patético:

— Eu não culpo a esses jovens infelizes, por estarem trilhando o caminho da perdição. Culpo aos pais! Culpo aos pais de famílias cristãos, que tinham o dever de incutir no espírito dos filhos os sagrados princípios da moral católica e que têm faltado criminosamente a esse dever. Culpo ainda mais às mães! Culpo às mães de família, que terão de prestar contas, no infalível Dia do Juízo Final, de se terem descuidado de dar aos seus descendentes a educação religiosa que se obrigaram a lhes ministrar, quando recebiam o sacramento do matrimônio.

Os sermões do padre João Batista impressionavam vivamente, sobretudo a audiência feminina. Temendo a prestação de contas, no Dia do Juízo Final, as mães de família tratavam de inscrever os filhos no curso de instrução religiosa do vigário da Boa Viagem. Joaquim foi mandado também às aulas do padre, em companhia dos meninos de Dona Altina, notoriamente bem comportados. Mas, de começo, não tomava a sério as lições que lhe davam naquela sacristia mal iluminada. Permanecia desatento, entediado e ansioso por levantar-se do banco duro e sem encosto em que era obrigado a uma bárbara imobilidade durante uma hora inteira. Tudo quanto o padre João Batista explicava e ditava parecia-lhe destituído de interesse. Ouvia-o sem se dar ao menor trabalho de entender e conservar o que ele dizia, pensando no cabeça-preta que lhe caíra no alçapão de manhã cedo, ou no circo da cavalinhos que tinham principiado a armar na praça do Mercado. Entretanto, depois da Semana Santa, operou-se uma profunda transformação em seu estado de espírito.

O vigário interrompera as aulas durante o tempo da Paixão, mas Joaquim lhe ouvira os sermões dramáticos daquela quadra. O padre João Batista emergia do púlpito emagrecido pelo rigor dos jejuns e com uma expressão patética no rosto mal escanhoado. Cada dia apresentava à simpatia comovida das beatas olheiras mais fundas e dolorosas. Modulava o timbre grave de sua voz, requintando na descrição dos padecimentos do Senhor, que se conformara em morrer para redimir o gênero humano. À tarde da quarta-feira, antes do ofício de Trevas, teve na sacristia com os meninos uma conversa que produziu em Joaquim violento abalo moral.

Explicou que desde quinze séculos nada tinha sido alterado naquele ofício venerável, diante do qual eles se deveriam inclinar, dominados por um santo respeito. Encareceu a significação dos quinze círios que se iriam apagando, um a um, depois de cada salmo, até restar somente o último, exprimindo a glória do Filho de Deus, que sucumbe pouco a pouco sob as ignomínias de sua paixão. Ao cabo de uma agonia de três horas morre o Senhor e o mundo, privado da luz de Jesus Cristo, mergulha nas trevas. Por isso a chama do último círio que ainda permanecesse aceso teria de ser escondida por trás do altar pelo sacerdote, enquanto soariam algumas pancadas no chão, simbolizando os tremores da terra ao fim do drama do Gólgota. Só depois de algum tempo é que ela voltaria a brilhar no altar-mor, para significar a ressurreição de Nosso Senhor Jesus Cristo.

Joaquim sentira um arrepio por todo o corpo ao ouvir ecoarem na nave da Boa Viagem aquelas pancadas cujo sentido o padre lhe antecipara. À noite, na cama, rezou cheio de um fervor desconhecido, com medo do inferno. Depois, o ruído das matracas dos judeus na procissão do enterro do dia seguinte; a exposição do Senhor Morto na Sexta-feira da Paixão, com a igreja repleta e o pavor das beatas que caíam gritando, tomadas de ataques histéricos; aquelas emoções todas encheram-no de uma devoção acovardada. A lembrança de seus pecados angustiava-o e não havia orações, nem penitências que lhe parecessem suficientes para compensá-los.

Foi ainda nesse estado de espírito que pouco tempo mais tarde, ao folhear, à noitinha, um livro de histórias, à procura do "Menino da Mata e seu cão Piloto", ouviu chamarem a avó no quarto vizinho:

— Veio um menino aqui pedir à senhora pra ir ou mandar alguém lá no Capão do Urubu pra acudir a Zulmira, que está pra morrer toda queimada, porque um lampião de querosene virou por cima dela.

— Quem é que mandou dizer? Coitada da Zulmira!

— Foi a tia dela. Disse que a Zulmira tinha subido num tamborete pra apagar a luz da sala da frente, mas pisou de mau jeito e, quando ia caindo, quis se firmar no lampião e ele desprendeu do teto e tombou com ela. O menino contou que a gente da casa acudiu logo com o barulho da queda, mas que o fogo pegou tanto no vestido dela que foi um custo pra abafar. Disse que a Zulmira ficou tão queimada que faz pena e que está lá em tempo de morrer desde ontem.

Joaquim ficou aterrado. A idéia que lhe ocorreu imediatamente foi a de um castigo infligido à sua companheira de pecado pela severidade implacável de Deus. As pernas tremiam-lhe, enquanto ele ouvia confusamente o resto da conversa. Via-se perdido e nem ousava implorar a misericórdia divina, naquele transe. Só depois de ter longamente curtido o remorso e o pavor, paralisado na cadeira em que se achava, é que procurou o oratório para rezar. Mas os padre-nossos, as ave-marias e as salve-rainhas que balbuciava lhe pareciam vãs para salvá-lo. Lembrou-se de repente da lição que o padre João Batista ditara sobre o Fogo Eterno e decidiu levantar-se para ler no seu caderno a descrição precisa das penas que o esperavam. Lá estava o ditado, escrito na sua caligrafia bisonha:

> *O* Fogo Eterno *é a* pena *para o pecador que abandonou Deus para abusar de si mesmo, das criaturas ou dos objetos exteriores, que ele deveria utilizar para seu proveito espiritual. O principal agente da* Justiça Divina *é esse* Fogo *bastante poderoso para queimar o corpo sem o consumir.*
>
> Eterno: *A sua duração* sem fim *será um suplício que não poderá jamais ser igualado.*

Joaquim não compreendia senão imprecisamente o ditado do padre João Batista, mas sentia com violência o medo daquele fogo eterno. Passou a noite inteira acordado, rezando, virando-se na cama, fazendo promessas. Só adormeceu depois que o dia tinha raiado e seu medo fôra vencido pelo cansaço.

Quando ele se levantou, muito mais tarde que de costume, teve a notícia da morte de Zulmira. A avó fôra vê-la e ainda a encontrara consciente, com o corpo envolvido em folhas de bananeira. Tinha pedido a assistência de um padre e recebera a extrema-unção com fervor impressionante.

— Coitada, morreu como uma santinha.

Na sala de jantar, a avó contava minuciosamente as cenas que presenciara no casebre do Capão do Urubu. Joaquim ouvia-a de longe, desconfiado, dissimulando o interesse pela narrativa. Estava de costas para a sala de jantar, sentado no ladrilho da varanda entre cujas grades metera as pernas, tal como no dia em que tinha feito a Zulmira a proposta pecaminosa. Lá embaixo, o jardineiro regava os canteiros de terra vermelha.

De repente, um dos filhos de D. Corina assobiou da rua. Joaquim levantou-se num pulo e saiu correndo para encontrá-lo. Era tempo de pião.

O Príncipe dos Prosadores

— Este é que teria sido, se quisesse, o Príncipe dos Prosadores.

E apontava o amigo morto, entre os quatro círios tremeluzindo à brisa que soprava pela janela aberta. O dia tinha raiado sem que se desse por isso e, àquela hora, eram poucas as pessoas que restavam do velório. Eles sentiam o torpor agradável do sono próximo e só de esguelha, uma vez por outra, é que avistavam o cadáver, já integrado no mobiliário da sala. No jardim cantavam vagamente uns passarinhos e as árvores oscilavam devagar, ao vento fresco. A conversa sonolenta não tinha possibilidade de se animar. Mas uma empregada trouxe a bandeja de café e o líquido quente e forte estimulou-os levemente, atenuando a dormência que sentiam nos membros e no espírito.

— Pois é o que eu lhe digo: ele, se quisesse, teria sido o príncipe dos prosadores.

Repetiu a frase com convicção e explicou que o amigo tivera realmente um talento literário excepcional. Escrevera na mocidade várias coisas positivamente admiráveis, numa prosa que ninguém tinha igualado. Entretanto, as exigências da atividade profissional o tinham desviado da literatura e, hoje em dia, já não havia quem se lembrasse do que ele escrevera alguns anos atrás.

O outro acendeu mais um cigarro e lançou um olhar distraído ao cadáver, querendo ponderar que no Brasil faltava a noção precisa do que fosse um prosador digno desse nome. Mas o amigo do defunto estava com a palavra e fazia com método o elogio do estilo daquele artista consumado a quem não se tinha prestado a homenagem que merecia. Recordava-lhe contos e fantasias brilhantes que jaziam esquecidos nas coleções de revistas literárias efêmeras. Aludia ao vigor e à concisão de suas melhores páginas. Mencionava outras qualidades características do escritor malogrado.

Foi quando a moça loura, que tinha aparecido horas antes na sala e rezara algum tempo junto ao caixão, deu entrada novamente ali, emergindo por certo de algum quarto onde estivera a consolar a viúva. Espantou a mosca que pousava na testa do defunto, ajeitou algumas flores no caixão e ajoelhou-se para rezar outra vez.

— Quem é essa senhora?

O rapaz perguntou, muito interessado, enquanto a moça fazia as orações de cabeça baixa, movendo os lábios levemente.

— É concunhada dele. Casada com aquele médico magro que eu lhe apresentei esta noite aqui, quando nós estávamos na varanda.

Ela tinha uma cabeça adorável. Espáduas de uma pureza perturbadora. Um corpo cuja brancura se adivinhava pelos braços nus que escapavam do vestido preto.

— É muito boa, muito boa — confidenciou o rapaz ao outro, num tom persuasivo.

— É sim. É muito boa.

O homem concordou com ternura. Calaram-se longamente, olhando a moça que rezava. Estavam, lívidos, de barba crescida, imbecilizados pela noite passada sem dormir. Ela, no entanto, não dava a impressão de nenhum abatimento, apesar da palidez que a falta de pintura lhe produzia. Tinha uma frescura que resistia à insônia e aos reflexos trêmulos das velas. Os cabelos, perto da nuca, pareciam molhados. Talvez ela tivesse tomado um banho ao amanhecer.

— Mas é como eu lhe dizia: ele só não foi o príncipe dos nossos prosadores porque não quis — insistiu o homem, desta vez em voz mais alta.

E repetiu tudo quanto tinha asseverado, com ênfase nova, escolhendo os termos, acentuando as expressões mais elegantes. Ela estaria ouvindo? Conservava a cabeça baixa, as mãos unidas sobre o rosário e continuava a rezar interminavelmente.

Quando arrefeceu por um momento a apologia literária do defunto, o rapaz tornou:

— Mas como é boa essa mulher...

Outro aproximou-se dele e segredou ainda com hálito de café:

— Dizem que...

Precisamente naquele momento, a viúva, amparada por duas amigas, entrava na sala, para se atirar, aos gritos, sobre o cadáver. Houve um rebuliço pela casa inteira.

— Tem paciência, Isaura. Deus é muito grande.

Disseram-lhe outras palavras de conforto, mas a viúva não cessava de se lamentar, desesperada.

A moça enxugou umas lágrimas nos olhos verdes. Tinha-se levantado e acariciava docemente a cabeça da cunhada que soluçava debruçada sobre o marido morto.

Os homens se esgueiraram, constrangidos.

O nortista

Quando dei acordo de mim estava de viagem com o nortista desde muito tempo. O trem tinha parado na estação de Barra do Piraí. Um passageiro vestido de marrom e com um lenço de seda preto em volta do colarinho meteu o busto pela janela para considerar devidamente as imediações. Depois, retirando o corpo devagar, ponderou:

— Barra do Piraí... Lugarzinho ruim.

Na linha do outro lado um maquinista conduzia uma locomotiva em manobra, apitando por desfastio. Da plataforma apregoavam os jornais do Rio e as revistas da semana anterior.

Fui me compenetrando de que tinha tomado uma resolução de certa gravidade. Não me sentia propriamente deprimido. Mas deu-me uma vontade obscura de desembarcar. Barra do Piraí. Lugarzinho ruim. Devia ser mesmo muito ruim. Morar numa daquelas casinhas de porta e janela perto da estação. Em todo caso, talvez fosse melhor que morar com o nortista. Co-habitar com aquele sujeito por tempo indefinido. Podia ser que a companhia dele se tornasse intolerável. Aquelas conversas. Aquele sotaque. Mas se a coisa fosse de fato intolerável, eu estava decidido a voltar. Evidentemente. O diabo era a responsabilidade que eu tinha assumido. Porque afinal de contas eu nem podia pretender que tivesse sido instado. O nortista me fizera uma proposta em termos de negócio e eu só a tinha aceitado por minha livre e espontânea vontade.

O trem deu um apito estridente, um solavanco e partiu lançando fumaça sobre Barra do Piraí.

Fiquei olhando pela janela, à toa. De vez em quando me aparecia um trecho de rio barrento. Eu recordava: o rio Piraí nasce na Serra do Mar e deságua na margem direita do Paraíba do Sul. A memória me restituía o conhecimento inútil com a maior precisão. Entretanto, qualquer esforço meu para me lembrar de tanta coisa necessária falhava constantemente. Não havia método mnemônico que me valesse. O nortista, porém, devia ter a memória adestrada. Como todos eles, nortistas. Não se encontra um só desmemoriado. Gente que sabe tudo de cor. Eu me julgava um técnico em matéria de nortistas. Queria, aliás, aprofundar os conhecimentos que tinha a esse respeito. E por isso em grande parte é que me decidira a vir. Mas o que me tinha levado também a aceder ao convite do nortista fôra uma espécie de desespero que eu sentia desde algum tempo sem causa determinada. Era um descontentamento meio pretensioso que eu desejava neutralizar sujeitando-me a algum encargo servil e humilhante, como o que me propunha aquele sujeito. Àquela hora, porém, já tudo isso me parecia literatura, besteira. Fui chegando à conclusão de que no fundo do aborrecimento, da viagem e de tudo o mais o que havia era muita vontade de parecer interessante. Uma afetaçãozinha que eu pressentia ou identificava raramente, mas que se impunha naquele momento à minha observação irritada. Julguei-me um camelo, um tipo mais ridículo e desprezível que qualquer nortista dos que eu pretendia ridicularizar. Já ia me levantando, danado da vida, quando o trem parou de novo noutra estação qualquer, de onde irrompeu pelo *wagon* adentro um velho gordo, de *pince-nez*, com a família.

— Você está com as passagens, Ambrosina?

Houve dificuldade para acomodar aquela gente toda e a respectiva bagagem. Quando o movimento cessou, olhei para o nortista. Ele estava de *bonnet* e de luvas, vestido com um capotão azul-marinho. Chamava-se Hermógenes Viana. Era do Pará, mas tinha feito fortuna e carreira em Santa Catarina. Vinha alcançando com uma energia implacável todos os objetivos que se propusera desde que tinha partido do Norte. Vivera numa tensão de vontade permanente para realizar o destino que se traçara — um destino de grande homem. Tinha ficado rico e influente sem se perturbar nem se desviar de seus propósitos. Conseguira fazer-se eleger deputado federal, porque sua aspiração era a vida pública. Já fôra incluído na comissão de finanças da Câmara e fazia conferências na Associação Comercial quando, ao sair de um banquete, sem chapéu, apanhou um resfriamento manhoso que deu em pleuris. Tratou-se muito, mas não houve cuidado que bastasse. Apareceu-lhe uma febrezinha renitente. Vieram suores noturnos. Finalmente, depois de várias provas radiográficas e exames bacteriológicos, disseram-lhe que o seu caso era mesmo de tuberculose. Ele não teve nem um momento de depressão moral. Recusou-se a ir para um sanatório em Campos do Jordão, como lhe aconselhavam, porque pretendia curar-se a seu modo. Havia de curar-se radicalmente, mas fora da atmosfera enervante de hospital. Assim foi que concebeu o plano de arrendar um sítio em lugar de clima próprio e levar em sua companhia um médico que se incumbisse exclusivamente de tratá-lo. Pagaria três contos de réis por mês — um vasto ordenado com que acreditava poder seduzir muito profissional de nomeada. Preferia, porém, um médico mais moço e afeito a métodos modernos. Por isso é que se lembrou de mim, com quem tinha conversado uma vez sobre tratamento da tuberculose, a propósito de um conhecido comum que fôra se curar na Suíça. Agora viajava tranqüilo e, cessada a lufa-lufa e a excitação dos preparativos de partida, comprazia-se numa sonolência boa, que os solavancos do trem não conseguiam desvanecer. Sua expressão refletia tanta confiança em si, que me dava nos nervos. E eu alimentava a minha irritação com reflexões como esta: "Lá vai ele satisfeito com o criado novo que arranjou".

Levantei-me de repente, despeitado, e fui me meter no *wagon*-restaurante. Fiz o resto da viagem ingerindo doses maciças de um *whisky* indigno, com gosto de carvão de pedra. Quando voltei para a companhia do nortista, pouco antes de chegarmos, sentia uma dor de cabeça difusa e um vago enjôo da vida e do estômago.

O sítio em que nos instalamos ficava a uns oito quilômetros de Barbacena, pela estrada que vai para Remédios. Era uma casinha nova, a meia encosta, com trepadeiras pela varanda. Tinha um pomar pequeno de laranjeiras e marmeleiros e mais uma hortazinha, ao longo do rego que descia do morro, com pés de couve, de alface e de cebola.

O nortista gostou da casa, mas julgou mesquinhas as outras benfeitorias do sítio: o paiol velho, a coberta para o gado, o curral em declive e, mais longe, um casebre de adobe ao lado de uma roça de milho.

— O pasto aqui é superior.

O homem que tinha ido buscar-nos à estação fez o elogio do capim gordura que se estendia morro acima por trás da casa. Desconfiava da impressão que o sítio tinha produzido sobre nós e encarecia a excelência do pasto para atenuar qualquer decepção que tivéssemos.

— Os senhores hão de ver o gadinho como está roliço de gordo. A esta hora ele fica enfiado lá em cima na capoeira, mas daqui mais um pouco ele desce direitinho pro curral, atrás do sal lá no cocho.

Deu outras informações sobre as vacas de leite e a aguada, que era de primeira ordem, e despediu-se porque ainda tinha umas coisas a fazer no Alto do Cangalheiro, onde morava.

— Se os senhores precisarem qualquer coisa, é só me chamar. O Zé Lauriano sabe onde eu moro. Lá tem um criado às ordens.

Dois dias depois já me sentia aclimatado. Tinha percorrido o sítio de um extremo ao outro, aventurando-me também em reconhecimentos mais para longe. O Zé Lauriano acompanhou-me num longo passeio. Ele tinha sido recomendado ao nortista como empregado de confiança para todo serviço e parecia, de fato, um sujeito excelente. Caminhamos pelos pastos limpos do outro lado da estrada de Remédios, onde só se viam poucas árvores para sombra do gado: raros jacarandás e um ou outro cedro e pau d'óleo. Dentro das capoeiras mais distantes é que apareciam as copas do fedegoso e da quaresma, colorindo um pouquinho de amarelo e roxo aquelas paragens.

Divisamos a fazenda do Manuel Cândido com sua casa encardida no sopé de um morro e, na outra vertente, a Granja das Margaridas, construída de novo, com uma lagoa bonita em frente e os telhados vermelhos de suas benfeitorias alegrando o vale.

Voltei ao sítio cansado, mas bem disposto. Meti-me num banho frio e depois deixei-me ficar deitado, olhando pela janela do quarto um trecho daquela paisagem mineira com que eu principiava a me familiarizar. Adormeci com as pernas embrulhadas num cobertor e, quando acordei, fui jantar com uma fome que não sentia desde muito tempo.

Na manhã seguinte, quando chegaram os jornais do Rio, vi o nome do nortista estampado com destaque nas seções sociais:

Deputado Hermógenes Viana.

Eram notas registrando a sua viagem para Minas, cada qual com uma redação diferente, mas todas contendo um parágrafo indêntico, que começava assim:

O eminente deputado, que seguiu acompanhado de seu médico-assistente...

Larguei os jornais, indignado, e fui me entocar no quarto.

Hermógenes, enquanto tivesse febre, precisava ficar de cama em repouso absoluto. Eu insistira muito a esse respeito: ele devia permanecer deitado dia e noite com a maior paciência até que a febre desaparecesse. Mas parecia-me que essa prescrição importaria para ele num sacrifício duro, atendendo à sua tendência incoercível de nortista para o movimento e para a ação. Por isso impunha-me a obrigação de lhe fazer companhia de vez em quando, sob a condição de que ele falasse o menos possível.

Uma tarde dessas em que fui assistir ao seu jantar, notei que ele me fixava com insistência, como se me quisesse dizer alguma coisa. Preferiu, porém, tomar a sopa inteirinha, antes de me interpelar sobre o que pretendia:

— Doutor, o senhor porque não faz a sua barba aqui, desde que chegamos?

E como se eu tivesse ficado um momento perplexo, sem saber se ele perguntava por simples curiosidade ou por impertinência de patrão, acrescentou num tom pausado e superior:

— Eu acho que isso da gente se barbear é questão de asseio. Nos Estados Unidos quem se apresenta de barba grande a uma agência de emprego não arranja nada. Nós aqui é que temos esse mau costume...

Encarei o nortista a princípio com um espanto que deve ter sido muito ridículo, mas logo que caí em mim, tive uma raiva que por pouco não se manifestou em palavrões. Senti uma vontade quase irresistível de dizer àquele sujeito uma série de desaforos que o pusessem em seu lugar. Entretanto só comecei a lhe responder quando me senti mais senhor de minha indignação:

— Olhe, seu doutor Hermógenes Viana: o senhor está enganado a respeito de minha posição aqui nesta casa. Eu não sou seu criado e nem perguntei ao senhor até agora se devo ou não fazer a barba.

Hermógenes estava longe de prever aquela reação, mas, apesar disso, não se deu muito por achado:

— Nem eu quis propriamente lhe dar uma lição, *meu* doutor. Somente, com a liberdade que deve haver entre nós...

Aquela placidez do nortista me fez perder as estribeiras:

— Que liberdade? Quem é que deu liberdade ao senhor pra me dizer as suas impertinências? Eu também podia lhe ensinar que é muito repugnante palitar os dentes à vista dos outros, como o senhor costuma fazer. No entanto, nunca lhe aconselhei a deixar disso.

Hermógenes perturbou-se a olhos vistos diante do meu rompante de aspereza. Empalideceu tanto que eu já concluí noutro tom:

— É preciso acabar de uma vez com essas coisas. Se não lhe convier me tratar com o respeito e a reserva com que eu tenho tratado o senhor, me diga logo, porque eu vou-me embora imediatamente.

O homem desmanchou-se em desculpas:

— Nunca me ocorreu que o senhor fosse levar aquilo a mal. O senhor me desculpe se lhe fiz alguma grosseria assim sem querer. Eu aprecio muito o senhor e era incapaz de ofendê-lo voluntariamente.

Continuou nesse tom por muito tempo, meio desfigurado e com a respiração ofegante. Fui ficando arrependido à proporção que se apagava a impressão que me tinha causado o seu atrevimento e eu o via transformado naquele doente lívido e ansiado em frente de um prato de comida fria:

— O senhor não se incomode mais com isso não. Pode até

lhe fazer mal. Eu é que devia lhe pedir desculpas da minha irritação. Eu ando muito nervoso também.

Ele, porém, não conseguiu engolir mais de duas garfadas. Passou a noite agitado e sua febre subiu bastante. No dia seguinte, amanheceu desfeito, com olheiras fundas. Fiquei muito aborrecido com as conseqüências de minha irritação na véspera. Aquilo era de fato imperdoável num profissional compenetrado de sua responsabilidade.

Durante vários dias procurei redobrar de zelo e de cordialidade para atenuar o efeito de minha malcriação. Entretanto perdurou ainda entre nós bastante constrangimento. Uma semana inteira decorreu sem que nossas relações tivessem a menor naturalidade. E, para agravar a situação, chovia constantemente, a ponto de tornar impraticável qualquer projeto que eu formasse de recomeçar os meus passeios.

Já me sentia extremamente enervado, quando o tempo melhorou. Esperei que o sol enxugasse os campos ensopados e, ainda aborrecido, fui dar uma volta de novo em direção às Margaridas. Caminhava pelo pasto afora, a contar estupidamente os cupins que ia encontrando, até que me aproximei de um trabalhador de enxada, ocupado em desentupir um rego velho.

— Por que é que não deixaram nenhuma árvore de pé neste pasto?

O rapaz explicou que o antigo proprietário mandara queimar toda a extensão dos campos para fazer aquelas pastagens. Só tinham ficado algumas capoeiras ralas, ao longo das cercas e dos valos que demarcavam as divisas da fazenda.

— Que estupidez!

— É deveras. Mas agora seu Capitão mandou deixar os pés de tambu quando a gente roçar.

O trabalhador chamava-se João Camilo. Tinha enviuvado desde bastante tempo e não pretendia se casar de novo:

— Eu não tenho queixa do casamento, não senhor, porque sempre vivi muito bem com a mulher, graças a Deus. Mas a gente é pobre e assim sozinho um homem dá sempre um jeito bem mais fácil que com família grande.

Contou que tinha um filho de dez anos morando em Barbacena em companhia das cunhadas dele, João Camilo. Depois, deu informações sobre as Margaridas, explicando que o dono morava no Rio e a granja era administrada pelo Capitão Carneiro.

— Capitão de quê? Da polícia, reformado, ou da Guarda Nacional?

— Eu não sei lhe dizer isso, não senhor, porque ele não é daqui não. Veio só quando o dr. Emílio comprou a fazenda na mão do Apolinário. A gente trata ele seu Capitão, seu Capitão.

Indaguei ainda vagamente algumas coisas, enquanto o rapaz arrematava o serviço. Ele conversou muito sobre a gente das Margaridas e também sobre um irmão que tinha, o Juca Camilo, a quem aquelas terras haviam pertencido, antes do Apolinário. Aquele irmão estava bem, mas um outro, o Antônio Camilo, fôra assassinado recentemente, à toa, à toa, ali à porta da venda do Dudu. Tinha deixado viúva e filhos pequenos sem recursos e o assassino já se achava em liberdade: nem sequer tinha ido a júri.

— É pra o senhor ver.

Quando o serviço acabou, saímos juntos. João Camilo precisava tomar a estrada de Remédios para atingir um canavial lá embaixo, perto da volta do córrego que se avistava de longe. Eu também já tinha necessidade de voltar para casa e desisti do resto do passeio. Andei um trecho longo em companhia dele e pelo caminho íamos nos entretendo, sob um solzinho bom, com uma seriema que corria, gritando pelo campo afora. Quando alcançamos a estrada de Remédios, principiei a lhe perguntar o nome de algumas árvores que avistávamos de um lado e de outro por cima dos barrancos. Eram mamas-de-porca cheias de espinhos, frutas-de-lobo com florezinhas azuis muito desbotadas, aroeiras com cachos de bolinhas vermelhas e mais os pés de jacarandá, de cedro e de tambu que eu já começava a identificar por minha conta. Ao chegarmos à altura da porteira do sítio, despedimo-nos amigos:

— Então o senhor até outro dia, seu doutor.

— Até outro dia, João Camilo.

Entrei em casa outro homem: calmo e bem humorado. Bati à porta do quarto do nortista com um vigor alegre:

— Então, seu doutor Hermógenes, passou bem o dia?

Ele estava recostado no travesseiro, metido num pijama de flanela verde-garrafa. Respondeu-me na sua voz de tribuno:

— Assim mesmo. E o senhor? Caminhou muito por aí?

Eu principiei a contar o meu passeio e as histórias que tinha ouvido do João Camilo, mas fui notando que ele estava desinteressado e cessei bruscamente a conversa. Pesava ainda entre nós a lembrança incômoda do incidente do outro dia.

No entanto Hermógenes tinha um temperamento invencivelmente comunicativo. Não era homem de manter por muito tempo aquela atitude reservada e, assim, ao cabo de alguns dias mais, já se entretinha comigo tal como se não lhe restasse o menor ressentimento de nossa discussão azeda.

A propósito dos cigarros que eu fazia encomendar no Rio, ele me contava que durante vários anos tinha fumado cachimbo, utilizando tabaco inglês. Renunciara entretanto a esse hábito, porque não tinha consentido nunca em contrair nenhum vício, por mais inocente que fosse:

— Mas tive até pouco tempo uma coleção de cachimbos bem interessante. Do mais bonito fiz presente a Herriot, em Paris.

Comentava depois os acontecimentos políticos, referia episódios da Câmara e não deixava passar oportunidade de expor seus conhecimentos variados, seus prognósticos e seus pontos de vista a todos os respeitos. Tinha o maior empenho em cumprir à risca a prescrição médica que o cingia a um repouso absoluto, mas não conseguia resistir à tentação de conversar, assim que eu lhe entrava pelo quarto. Volta e meia citava algum escritor:

— Huttington, na sua obra *Civilization and Climate*...

De outras vezes descansava o espírito fazendo a narrativa de anedotas de alemães de Santa Catarina, quase todas repassadas de obscenidade. Tinha um talento excepcional para contar essas histórias e imprimia uma graça nova às mais surradas anedotas deste mundo. E notando que eu me ria sobretudo das variações que ele introduzia na versão vulgar das narrativas daquele gênero, comprazia-se em refundir pouco a pouco todo o repertório popular, com uma riqueza de imaginação surpreendente. Todavia, para que eu não deixasse de tomá-lo a sério como lhe convinha, timbrou em esclarecer, uma tarde em que me fizera rir mais que de costume:

— Isso de anedotas é bom de vez em quando. A gente precisa às vezes descansar de *remuer des idées générales*, como dizem os franceses.

Eu me ri também da justificativa, mas verifiquei logo que o nortista não tinha gostado. Ficou de cara fechada, com as sobrancelhas franzidas sobre o nariz grosso, enquanto eu me esforçava em vão para conter minhas gargalhadas desabridas.

— O senhor me desculpe: eu estou achando graça outra vez na história do padre com o alemão.

Hermógenes manteve sua atitude de reprovação à incontinência de meu riso. À noite, porém, estava de novo de bom humor, a me explicar como é que se devia proceder a bordo de navio estrangeiro para ser bem tratado.

Desde aquele incidente desagradável ocorrido entre nós, eu me empenhava por parecer afetuoso e confiante ao nortista, a fim de corresponder às expansões de sua cordialidade. De fato eu lhe ficara agradecido por não ter guardado nenhum ressentimento da brutalidade com que eu tinha perturbado sua cura de repouso, e me esforçava por lhe fazer a companhia mais assídua e agradável possível. Mas a verdade era que eu não conseguia lhe dar a sensação de intimidade e, aos olhos de Hermógenes, ia permanecendo indefinidamente fechado e distante. Por maior que fosse o meu desejo de lhe demonstrar amizade e franqueza, sentia-me sempre tolhido diante dele, menos em razão de alguma antipatia invencível que ele me inspirasse no fundo, que por motivo da experiência irritante que eu tinha de certos momentos de abandono e de confidência no trato de vários amigos de outros tempos. Eu conservava uma vergonha mortal das confidências que me tinham escapado uma vez ou outra, à pressão de acessos de sentimentalismo abestalhado, e me habituara assim, pouco a pouco, a uma reserva tenaz, à força de reprimir com dureza as veleidades, que durante muito tempo tive ainda, de confiar-me a alguns companheiros mais caros. No que dizia respeito a Hermógenes, talvez a minha incapacidade de expansão resultasse também de uma profunda incompatibilidade de temperamentos, conjugada ao preconceito contra o homem do Pará. E a ele não podia escapar a resistência obstinada que eu oferecia à sua familiaridade, apesar de todo o meu empenho em dissimulá-la. Aquela minha desconfiança instintiva irritava-o. Ao mesmo tempo, porém, a distância posta entre nós pela minha discrição parece que lhe impunha certa admiração por mim, como se ele considerasse a minha atitude uma prova de virilidade e um sinal de distinção de espírito.

De resto, Hermógenes precavia-se cuidadosamente de qualquer aborrecimento ou incômodo que eu lhe pudesse causar. Muitas vezes tive a impressão de surpreendê-lo reagindo contra sua tendência de informar-se a respeito de meus sentimentos e de minhas idéias, como se ele quisesse se compenetrar naqueles momentos de que de mim só lhe interessava a assistência médica e absolutamente nada mais. De fato não perdia de vista o objetivo que o induzira a trazer-me em sua companhia e, se não me tratava apenas como seu médico, era porque tinha necessidade de se expandir e de conversar fosse lá com quem fosse, a fim de não cair num estado de depressão moral inconveniente à sua cura. Esta é que lhe importava acima de tudo, e por isso mesmo ia se tratando com a resolução e a pertinácia com que sempre tinha empreendido seus cometimentos capitais. Alimentava-se estritamente de acordo com a dieta que eu lhe havia prescrito e submetia-se à imobilidade requerida para o repouso com uma força de vontade admirável. A única extravagância que se permitia era conversar por vezes com uma animação que costumava fatigá-lo. Mas isso mesmo contribuía para levantar-lhe o moral, como já acentuei, e terminava assim concorrendo também para o regime inteligente a que ele queria sujeitar-se para ficar bom o mais depressa possível. E o certo é que, graças ao rigor e ao empenho com que se tratava, assim como ao efeito do clima favorável, Hermógenes principiou a melhorar rapidamente. Conseguiu engordar desde as primeiras semanas e ao cabo de algum tempo a febrezinha teimosa foi cessando.

Enquanto isso, eu ia me sentindo cada dia mais incorporado à população dali das imediações do Cangalheiro. Hoje um, amanhã outro, fui conhecendo e me familiarizando com a gente toda daquelas redondezas.

O velho Leopoldino era um mulato calvo e barbado, com um sorriso beato, que lhe dava uns ares com as imagens de São José. Tinha uma família enorme, concentrada em grande parte nas terras das Margaridas, mas com destacamentos importantes operando em Barbacena, São João d'El Rey e outras cidades mineiras. À exceção das crianças mais novas, toda a progênie trabalhava com empenho, decidida unanimemente a ganhar dinheiro sem interrupção. O elemento masculino não cessava o labor nem aos domingos, a fim de produzir pecúnia mesmo quando os demais empregados da granja repousavam e por toda parte as enxadas e as foices jaziam esquecidas.

— Isso é esganação muita dessa gente. Mas ninguém tira proveito de serviço assim, porque Deus Nosso Senhor não ajuda. Toda a vida foi pecado trabalhar domingo.

Aquele trabalho em dia destinado ao descanso causava má impressão e censuravam-no por ali com certo azedume. Entretanto o velho Leopoldino e os filhos iam procurando justificá-lo. Gente pobre não podia se dar ao luxo de descansar um dia inteiro, com sol quente, só porque fosse domingo ou dia santo. Trabalho não podia fazer mal a ninguém.

Eu tinha uma predileção marcada pelo patriarca. Gostava muito mais de conversar com ele do que com os outros todos. O velho Leopoldino rachava lenha, preparava a ração para os porcos de raça, dava uma demão na horta grande e superintendia o galinheiro de baixo. Vivia bem-humorado e achando que tudo estava certo, mas não era metido a gaiato como os filhos. Carregando um feixe de lenha nas costas, costumava caminhar comigo quando nos encontrávamos no rumo de sua casa:

— Eu amansei no trabalho, seu doutor. De primeiro, no tempo de eu mocinho, eu era emproado e queria estar era de cabeça alta até com gente graúda, com patrão e tudo. Por conta dessa bobagem eu andei um tempão de cá pra lá, sem ajeitar com patrão nenhum. Foi muita precisão, assim que eu casei, que foi me amansando. Necessidade foi me fazendo criar juízo. Daí eu peguei a entender que o pobre não pode se fazer de gente. Ele há de ficar no lugar dele, quietinho, que assim é que está direito.

O velho Leopoldino comprazia-se em moralizar nesse tom. Mas os outros trabalhadores por ali não careciam de sua lição. Nenhum deles tinha a veleidade de se manter a todo custo de cabeça alta. O Orestes e o Antônio Furtado eram mansos por natureza e viviam, por obrigação, de cabeça baixa, empunhando o cabo da enxada. O Orestes tinha perdido um filho de sete anos com meningite:

— Menino são e bonitinho, doutor. Se o senhor já andasse aqui, quem sabe ele não tinha morrido?

— Qual, Orestes, se foi assim como você está contando, eu não podia dar jeito não.

O Zé Gonçalves também perdera um filho pequeno, o único que ele tinha. Mas no dia seguinte cedo já estava na roça de mandioca, com o Cândido Altivo, que o ajudara a fazer quarto ao anjinho. Trabalhou com a cara do costume, apenas um pouco mais calado.

Entretanto, morriam relativamente poucas crianças entre aquela gente. Apesar da pobreza extrema, da alimentação muito deficiente e da falta de agasalho adequado para o clima frio do lugar, os meninos criavam-se em grande número e com boa aparência. O Zé Maria tinha cinco negrinhos muito lisos e engraçados no seu casebre. O Luiz, que cuidava da horta de cima, era pai de uns sete ou oito, alguns dos quais já principiavam a ajudá-lo. O Henrique Lima tinha uma vasta família de louraços feios e desengonçados, mas duros no trabalho. Os irmãos do João Deolindo eram mais de dez, todos corados e fortes. Ele mesmo é que tinha uma cara de velho cheia de rugas, embora fosse menor de dezesseis anos:

— Desde sete anos me cascaram no serviço.

Fui estreitando relações com aquela gente toda e, uma vez por outra, ministrando algum remédio simples aos raros doentes que apareciam. Dentro de pouco tempo já não havia por ali mais ninguém que eu desconhecesse. Eram quase todos nascidos mesmo nas imediações: no Alto do Cangalheiro, na Bertioga ou nos Remédios. Só o Zé Gonçalves era cearense e o Pereira, de Pernambuco. Mas todos me pareciam conhecidos velhos e eu tinha mais intimidade com eles que com Hermógenes. O que valia era que este deixara de se vexar por tal motivo.

Logo que a febre cedeu por completo e que ele se viu gordo e com boas cores, instalou-se numa *chaise-longue* na varanda e entrou a comandar o sítio ativamente. Ordenava providências em todos os sentidos, ora mandando operar uma vasta transformação na horta, ora fazendo trazer o rego nivelado a outra altura para aproveitá-lo num chuveiro de água quente que inventou, senão adotando outras muitas medidas progressistas que concebia incessantemente:

— Quando eu sair daqui, esse mineiro há de ficar pelo menos com uns habitozinhos de mais conforto.

Aludia sempre com um desdém enorme ao espírito rotineiro do dono do sítio. Achava uma indignidade a falta de conforto com que ele se conformava naquela casa:

— E olhe que o sujeito é homem pra mais de quinhentos contos! Pois não é capaz de gastar nem dez pra tornar a casa dele decente. Eu digo ao senhor com franqueza: sinto nojo de um indivíduo assim.

O desprezo do nortista se estendia a todos os mineiros, que reputava a gente mais atrasada e rotineira do Brasil:

— O senhor leu a entrevista que eu mandei daqui para o *Correio da Manhã* sobre a crise econômica? Esses mineiros não hão de ter gostado das observações que eu fiz lá a respeito da safra de algodão de São Paulo: eu não disse nada do que penso sobre a mesquinhez e a moleza desta gente, mas falei no dinamismo bandeirante em contraste com a inatividade econômica da população de outros grandes estados. Foi um tapa com luva de pelica.

Fazia uma pausa, satisfeito, e prosseguia:

— O senhor não acha que se esse minério de ferro que eles têm aqui estivesse em São Paulo, o problema siderúrgico nacional já tinha sido resolvido há muitos anos?

Entretanto, esses comentários azedos só raramente ocorriam ao nortista. Por esse tempo ele andava de muito bom humor e, em geral, sua conversa tinha uma feição otimista e benevolente. Comprazia-se de preferência em se entreter com assuntos destituídos de interesse prático, como se lhe fosse um alívio repousar a atenção, que ele mantinha desde muitos anos aplicada constantemente em questões que requeriam soluções imediatas e urgentes. Falava no Pará do tempo dos Lemos e da alta da borracha ou se divertia em fazer observações sobre os costumes e o temperamento da população do Rio Grande do Sul, que ele conhecia bem. Hermógenes discorria, com um jeitão pachorrento, contando coisas num tom especial de que eu gostava muito. Dir-se-ia outra pessoa, com a qual eu começava logo a simpatizar. Mas essa impressão favorável não tardava muito a se desvanecer, assim que eu surpreendia em sua cara uma expressão confiante e dura que me recordava bruscamente o aventureiro inexorável saído do Pará em busca da fortuna e do poder em Santa Catarina.

Além disso, não me podia conformar com a atitude de Hermógenes em relação à gente do lugar. Ele tratava os empregados do sítio e os trabalhadores que apareciam por ali com um desprezo só muito vagamente disfarçado em bonomia. Quando se dirigia ao Zé Lauriano era sempre com um ar de desdém condescendente. Festejava com um riso ofensivo a linguagem caipira do rapaz, que era extremamente tímido. Escarnecia-o com pilhérias pesadas e nunca lhe dava ordens senão num tom imperativo e áspero. Eu sentia uma irritação difícil de conter, assistindo a essas cenas. Saía então para o campo, por conta do diabo. Precisava de espairecer. Se o dia estivesse bonito, alongava o passeio até a casa do Santa Rita pela estrada de Remédios ou caminhava para o lado oposto até a vendinha do Dudu, à beira de um córrego. Se chovesse, tinha o recurso de meter-me no retiro do Zé Vicente, que não era muito distante e ficava na antiga sede da fazenda das Margaridas — uma casa velha, com um jardinzinho atrás, em abandono, sobrevivendo ali sem trato nem explicação.

O touro fino das Margaridas, puro-sangue holandês com *pedigree*, vivia meio estabulado, como as vacas de leite, perto da casa nova da granja, ao passo que o gado solteiro era encostado nos pastos daquela vertente em que estava situado o retiro. Havia um curral desleixado e uma vasta coberta destinada a isolamento de bezerros. Para lá mandavam as reses atacadas de moléstias infecciosas, que ficavam entregues aos cuidados do Zé Vicente e do João Damasceno. Por ali também é que se curava e marcava o gado solteiro.

O tratamento dos bezerros doentes me interessou muito, desde o princípio. Descobri em casa um *Manual do criador de bovinos* e, ao cabo de algum tempo, estava cooperando ativamente no combate às enfermidades que afligem a bezerrada. Depois, empenhado em aperfeiçoar minha técnica, mandei encomendar no Rio um *Traité théorique et pratique de médecine vétérinaire* e, à noite, lia longamente os capítulos sobre as gastrenterites e a corisa gangrenosa dos bezerros.

— O senhor está querendo abraçar a profissão de veterinário?

O nortista zombava de mim quando me via às voltas com o livrão de veterinária de preferência a ler o Huttington que ele preconizava. Mas eu continuava a freqüentar com a mesma assiduidade o retiro do Zé Vicente, onde me distraía com muita coisa além do tratamento dos bezerros. Lá me encontrava às vezes com o Capitão Carneiro, que ia inspecionar os serviços e me entretinha numa conversa boa. Ele vivia preocupado com a saúde frágil do gado holandês, manifestando sua predileção pelo zebu, que desde os primeiros dias andava a pular pelos currais e que depois resistia aos bernes e carrapatos muito melhor que qualquer raça européia. Em sua opinião, o que se deveria fazer nas Margaridas era cruzar o touro holandês puro-sangue com vacas zebus bem escolhidas, para se obter um produto bonito mas rústico, assim como convinha. O proprietário, porém, não queria saber senão daquele gado fino, malhado de vermelho e branco. Nem sequer o pintado de preto e branco desejava criar ali, por mais sangue holandês que tivesse. Por isso mesmo era preciso cuidar com muita atenção das forragens, para que as reses conservassem o pêlo bem liso e não se ressentissem do pasto no tempo da seca. A esse propósito, o Capitão me ensinava a distinguir as variedades de capins que ele cultivava. Ia me mostrando pelos pastos o capim meloso, que em Minas chamam gordura, e o cucuia, que se adaptava admiravelmente naquelas terras. Aludia ao capetinga, que nasce dentro das capoeiras e que o gado come vorazmente durante a seca. Além disso, apontava-me, nos viveiros em que eram cultivadas com carinho especial, variedades mais raras: o elefante, o imperial, o colonhão, o sempre-verde, o rodes. O Capitão estava longe, aliás, de desprezar as espécies mais vulgares. Encarecia as virtudes do marmelada, do ribeirão e do próprio amargoso, que os mal informados consideram uma praga, mas que é de fato um capim excelente:

— Aqui o gado só não come ele porque anda de barriga cheia.

Eu gostava muito daqueles ensinamentos e procurava alongar as conversas o mais que podia. O Capitão, porém, era homem excessivamente ocupado e tinha o dia inteiro de correr as lavouras e fiscalizar o serviço todo da granja. No melhor da prosa, puxava o relógio e despedia-se apressado. Eu tornava então à companhia sossegada do Zé Vicente e do João Damasceno para principiar outra conversinha mole. Referiam-se ao Desidério, que andava plantando uma roça nova, do outro lado do morro:

— A mulher dele, doutor, vive deitando aí pelas capoeiras com todo o mundo.

— O que é que você está me dizendo, Zé Vicente! E ele não soube disso ainda não?

— Soube muito, doutor. Mas se ele quiser zangar, ela é capaz até de dar nele.

Os meninos do Desidério eram bonitinhos e claros. Ele próprio tinha uma cara simpática e inteligente, que não parecia de caipira, enquanto a mulher era feia e desajeitada. Eu custava a acreditar naquela história. Voltava pensativo para casa. Lá encontrava o nortista, ultimamente meio carrancudo.

Aquelas minhas ausências prolongadas passaram a lhe causar uma irritação indissimulável, de certa altura em diante. Eu supunha que Hermógenes só não me admoestava por temer a reprodução do incidente ocorrido entre nós e também porque eu ia me desobrigando com zelo de seu tratamento e, desse ponto de vista, não podia ser passível de censura alguma. Mas entrava pelos olhos que ele não conseguia se conformar com meus hábitos, que lhe davam positivamente nos nervos. À hora das refeições nossa conversa prenunciava muitas vezes a abertura de hostilidades francas. Tinha um tom seco e desagradável. Atravessávamos assim temporadas quase tempestuosas. Mas eu acabava sempre cedendo, por esse tempo. Decidia de repente não me agastar com o azedume de Hermógenes, considerando-o no fundo justificado, e diligenciava por me mostrar cordial e afável com ele em quaisquer circunstâncias. Fazia-me de desentendido cada vez que alguma bicada sua me alcançava e, às insinuações mais amargosas que ele me fazia em certas ocasiões, eu assumia uma atitude de completo alheamento do mundo.

De resto, cada um de nós vivia para seu lado o dia inteiro e restava pouco tempo para nos hostilizarmos. Hermógenes deliberou comprar o sítio ao homem de Barbacena e andou absorvido dias e dias com as negociações para esse efeito, o exame dos títulos da propriedade e a minuta da escritura. Depois, tendo se tornado senhor e possuidor daquilo tudo, tomou a iniciativa de obras de maior vulto visando alargar a varanda da casa, acrescentar-lhe dois quartos para hóspedes, instalar um banheiro novo e introduzir outros melhoramentos. Estava sempre às voltas com um engenheiro que tomara o serviço de empreitada e que vinha da cidade desde muito cedo; menos talvez para superintender os trabalhos que pela satisfação de conviver com o deputado. Ao mesmo tempo, o nortista providenciava também para conseguir a instalação de um telefone na sua propriedade. Tinham-lhe pedido uma exorbitância para que os fios se estendessem até ali. Mas ele telegrafou a um diretor da companhia telefônica e obteve a intervenção do governo federal a seu favor. Algumas semanas mais tarde estava agradecendo o obséquio recebido já pelo seu próprio telefone:

— Alô? Alô? *Mister Bennet? Viana speaking from Barbacena....*

Assim que as obras terminaram na casa e esta foi provida de móveis novos encomendados do Rio, ele principiou a convocar as suas relações. Vinham convidados de cerimônia do meio político e do mundo dos negócios trazendo senhoras e automóveis. Ficavam hospedados nos quartos novos e me tratavam com condescendência. O nortista brilhava pela manhã, metido em *sweaters* espetaculares e em calças de bombacha, próprias para o golfe. Para jantar punha-se de *smoking*, explicando que era um hábito adquirido durante sua permanência na Inglaterra:

— Aliás, nenhum inglês conhece a expressão *smoking* com este sentido. Chamam a isso lá *dinner-jacket*.

Os hóspedes concordavam.

Havia então no sítio um casal de alemães que Hermógenes mandara ajustar no Rio: uma cozinheira excelente e um copeiro adestrado e de bom aspecto, que ainda tinha a virtude de cuidar com proficiência da horta. A comida era ótima e a casa estava sempre bem arranjada e florida. Os hóspedes partiam satisfeitos, enquanto o nortista, por sua vez, ia tirando partido da hospedagem e conseguia, sem interromper a sua cura, fazer-se eleger diretor de uma companhia de seguros com dois contos de réis por mês. Mantinha uma correspondência volumosa e intensa, enquanto eu passava semanas e semanas sem escrever nem receber uma carta.

Diante daquele dinamismo nem sempre eu me divertia. Às vezes sentia-me irritado e, em outras ocasiões, compenetrava-me de que devia admirá-lo. A tenacidade com que Hermógenes prosseguia na sua campanha de nortista, apesar da imobilidade e do isolamento a que a doença o forçava, ia acabando por me impressionar. Convencia-me de que era realmente muito inferior a ele do ponto de vista da virilidade. Olhando-o, parecia-me então ver outro homem, cuja fisionomia atormentada pela tensão do espírito impunha respeito. Não era mais aquele ar satisfeito e enfatuado que costumava desarmar minha capacidade de simpatia e sim qualquer coisa de angustioso e de patético que eu surpreendia no nortista, em certos momentos.

Um dia, amanheci mais escabreado, sob essa impressão. Estive longamente no quarto a comparar minha vida vazia e quase ociosa com o labor formidável que Hermógenes desenvolvera desde que tinha partido, criança, do Pará, até chegar à situação econômica, social e política em que se achava. Lembrei-me da expressão sombria do rosto do nortista naquela noite em que eu o humilhara. Tinha sido uma estupidez e uma covardia maltratá-lo, doente como ele estava.

Fui saindo do quarto meio oprimido por essas reflexões, mas logo ao chegar à varanda encontrei-o, jovialão, a fazer pilhérias com o Zé Lauriano:

— Você queria ser deputado, menino?

Soltava gargalhadas enormes a cada resposta que o rapaz ia gaguejando. Zombava do pobre sujeito sem se cansar. Minhas disposições favoráveis a Hermógenes desvanesceram-se mais uma vez diante daquela cena. Saí despercebido pela porta dos fundos e caminhei por uma estradinha em declive, ao longo do rego antigo, à procura de alguma sombra no pasto. Fui parar debaixo de um tambu esgalhado e deitei-me aí de costas, olhando o céu entre os ramos que balançavam devagar. Minha irritação foi cedendo pouco a pouco. Aquele sossego era muito bom. Sentia-me capaz de passar de bom grado o resto da vida por ali, clinicando vagamente ou empregado nalgum posto de saneamento rural. Mas a permanência em casa do nortista me parecia intolerável por muito tempo. Tornava a me lembrar da humilhação a que Hermógenes submetia constantemente o Zé Lauriano com aquelas graças de cafajeste:

— Esta agora foi gozada! Ouviu o que ele disse?

Eu tinha vontade de induzir o empregado a quebrar a cara do patrão. No entanto o bem estar que sentia foi dando cabo de minha irritação e adormeci sob o pé de tambu.

Nessa noite desabou uma chuva grossa, que parecia nunca mais acabar. Em conseqüência da umidade e da ventania, Hermógenes resfriou-se seriamente e principiou a ter calafrios e uma tossezinha rouca. Esperando que o caso não tivesse importância, dei-lhe uma cápsula qualquer e recomendei que ele não saísse da cama. Mas a temperatura começou a se elevar e sua inquietação foi aumentando. Ao mesmo tempo, a tosse tornava-se mais freqüente e a fisionomia do nortista ia se contraindo numa expressão de angústia, causada pela dispnéia. Principiei a ficar apreensivo e passei a noite no quarto de Hermógenes, sem pregar os olhos. De manhã cedinho fui tomar um banho de chuveiro e, ao voltar, ele me interpelou sobre a gravidade do que lhe sucedia:

— O senhor entende que isto pode ser coisa séria?

— Qual! É uma gripezinha à toa.

Procurei tranqüilizá-lo assegurando que os tuberculosos possuíam certo grau de imunidade à gripe e que, se chegavam a contraí-la, eram refratários às suas complicações. Fui buscar um número velho do *Brasil Médico* que trazia uma nota a esse respeito e passei a ler-lhe a publicação. Mas o nortista, que em geral se interessava muito por essas coisas, não pareceu prestar a menor atenção à leitura. Tinha caído num estado de grande prostração, permanecendo ansiado ao mesmo tempo. Lembrei-me de sua expressão saudável, na véspera, quando caçoava do Zé Lauriano. Tinha uma cor excelente e parecia ter remoçado com a estadia no sítio. Mas agora estava lívido e mantinha-se meio sentado na cama, apoiando a cabeça contra a parede, que forrava com o travesseiro. À medida que o dia avançava, a febre foi subindo e ele se tornando mais agitado, com a respiração mais curta e mais penosa.

Às primeiras horas da noite auscultei-o de novo e cheguei à conclusão de que se tinha constituído mesmo uma broncopneumonia: por toda a estensão do peito de Hermógenes ouvia estertores úmidos, com predominância acentuada na base e na zona média dos pulmões, produzindo aqueles ruídos característicos que eu tinha aprendido a identificar desde o tempo de estudante. Recordei-me do professor de propedêutica quando prelecionava sobre esse ponto: "Os franceses dão a esses estertores um nome muito expressivo — *bruit de pigeonnier*".

Havia mais de 48 horas que eu não dormia. Estava me sentindo obtuso e incapaz de qualquer deliberação. Olhava para o nortista e só me ocorria aquilo:

— É o *bruit de pigeonnier*. *O BRUIT DE PIGEONNIER. O BRUIT DE PIGEONNIER...*

Foi preciso que eu fizesse um grande esforço para reagir contra aquele embrutecimento. Só a muito custo me ocorreu aplicar uns envoltórios no tórax de Hermógenes, cuja aflição parecia aumentar a cada instante. Senti o calor úmido e viscoso da pele do nortista, que a cada expiração emitia um gemidozinho nasalado. Tive pena do conquistador que já não podia consigo:

— Agora, o senhor vai se sentir mais aliviado e há de dormir um pouco. O senhor precisa dormir.

No dia seguinte ele não tinha melhorado coisa alguma, embora houvesse emergido durante certo tempo daquela prostração. Parecia muito assustado e eu sentia nele um impulso irrefreável para providenciar. Seu desejo era voltar para o Rio a fim de entregar-se às sumidades médicas.

— Freta-se um trem, se for preciso.

Mas não tardou muito a cair outra vez no abatimento e daí em diante deixou de alvitrar fosse o que fosse.

A bronco-pneumonia não tinha o caráter benigno que eu a princípio prognosticava para o tuberculoso, fiado em especialistas americanos. Apesar da vacina encomendada com urgência do Rio, sucediam-se os acessos de febre em correspondência com focos novos que iam aparecendo em vários pontos dos pulmões. Só de manhã se observavam remissões de temperatura e, assim mesmo, nem sempre. A fisionomia de Hermógenes foi se alterando dia a dia. O nariz se afilava, as olheiras iam se acentuando e a boca se deformava sob o efeito da dispnéia. Quando a febre subia mais, ele delirava:

— Isto há de ser assim! Compreende, meu senhor?

Às vezes punha-se a chamar, quase gritando:

— Tomé! Ó Tomé!

Raramente dava impressão de lucidez. Mas quando parecia consciente, já não tinha mais aquele ar assustado. Era como se ele estivesse compenetrado da morte próxima e decidido a esperá-la com decência.

Eu passava as noites ao pé de sua cama, com os olhos ardendo. E dia e noite levava a empregar expedientes para lhe tonificar o coração e reduzir a febre, uma vez que já tinha desanimado de dominar a infecção por meio da vacina. Mas tudo quanto eu fazia era meio zonzo por causa de um resfriamento enorme apanhado não sei como e sobretudo em conseqüência da insônia prolongada. Só conseguia fixar a atenção a custo de uma tensão violenta de vontade. Para ferver a seringa de injeção ou para aplicar um revulsivo ao doente, tinha de despender um esforço intelectual enorme.

Foi nesse estado de embrutecimento que mediquei o nortista até o fim. Tinha uma noção obscura de que Hermógenes custava a morrer, mas era como se essa idéia fosse insuscetível de apreensão. Escutava o estertor aflitivo do agonizante sem distingui-lo do zumbido que me enchia os ouvidos.

A certa altura encontrei o Zé Lauriano num canto, chorando muito. Entendi-o confusamente dizer que Hermógenes se tinha despedido dele:

— De tardinha ele me apertou a mão.

Ouvi aquele choro por muito tempo. Depois cessou e comecei a escutar a voz da cozinheira rezando no corredor.

O nortista expirou às onze e meia. A última recordação precisa que me ficou dessa noite foi a do balão de oxigênio em que tropecei ao sair do quarto logo depois da morte de Hermógenes. Desde então até o dia seguinte, bem tarde, devo ter dormido um sono de pedra. Quando acordei, Zé Lauriano me comunicou as providências todas que tinha tomado para o enterro. Faltava só o atestado de óbito, que ficara a meu cargo.

— Mas quem sabe se não será preciso levar o corpo para o Rio, José? Eu vou telefonar para algum deputado, colega dele.

— Não senhor, seu doutor. Foi ele mesmo que falou comigo que a gente enterrasse ele aqui. Até me deu dinheiro pra pagar tudo.

— O dr. Hermógenes é que disse isso a você e que deu esse dinheiro para o enterro dele?

— Foi, sim senhor.

Fiquei impressionado com a idéia de que o nortista tinha preferido o Zé Lauriano a mim para fazer aquelas recomendações extremas. Ele me teria conservado ressentimento ou seria apenas de sua parte falta de confiança no companheiro incerto que eu tinha sido para ele? Podia ter sido também medo de se comover. Tive desejo de interrogar o empregado mais detidamente a respeito das disposições de última vontade do nortista e sobretudo apurar o estado de espírito em que ele as tinha formulado. Calei-me, entretanto, detido por uma espécie de despeito.

O enterro foi feito a pé, de tardinha, no cemitério do Cangalheiro (um cemitério feio e desleixado nos fundos da igreja). Zé Lauriano chorava sentidamente, como se tivesse perdido um parente próximo ou um amigo muito querido.

Quando voltei ao sítio, a certa hora da noite, quis deitar-me logo para abrandar a dor de cabeça que sentia. Mas aqueles quartos, vazios do nortista, principiaram a me meter medo. Acabei pedindo ao Zé Lauriano que viesse dormir dentro de casa.

FORTUNA CRÍTICA

Carta de Mário de Andrade a Rodrigo M. F. de Andrade•

São Paulo, 4-10-36.

Rodrigo

Abro a carta pra acrescentar mais esta notinha. Positivamente passei ontem o dia com você. Tinha intenção de ler hoje os *Velórios*, mas um desgostinho, que não vem ao caso, me fez pegar no seu livro ontem mesmo, de noite, e a força do conteúdo me prendeu até a última página. Quando percebi pela citação de Montaigne e pelo conteúdo do segundo conto (engraçado! não tinha entendido o título por pura intenção, pois conheço bem a palavra que é assunto etnográfico sobre o qual venho ajuntando documentação faz tempo) que se tratava da morte de alguém, matutei comigo que melhor que "O enterro de Seu Ernesto" já meu conhecido, você não fazia nenhum. Fez sim e são dois contos maximíssimos agora "O enterro" e "O nortista". Mas que diabo de médico filho-da... que você foi arranjar, puxa! Dá tanta repugnância na gente como o Carlos do *Banguê*. Pintura intensíssima. Quanto ao nortista que é uma perfeição de psicologia, só duvido, não quanto a nortistas em geral, mas quanto ao seu (de você) Hermógenes, que depois da discussão inicial e da percepção de incompatibilidade de... gênios, ele tivesse conservado o médico. É certo que no geral os nortistas têm uma tal ou qual humildade misturada de receio e desconfiança diante da compleição moral certamente mais com-

• Arquivo da família de Rodrigo M. F. de Andrade.

pleta (embora não mais criadora) do sulista Rio-pra-baixo. Tenho sentido isso muitas vezes. (Não mostre esta carta pro Gilberto Freyre, pelo amor de Deus!). O nortista é um ser que parece feito de partes ajuntadas, e não nascidas dum só embrião que foi se desenvolvendo e completando harmoniosamente. Atribuo isso em grande parte a violência do calor, que é extremamente desagregador. Essa tal e qual humildade ante o sulista faria de fato qualquer nortista em geral conservar o médico. Mas o seu nortista pelo sucesso, pela audácia recompensada, pela real superioridade moral, já tinha alcançado um grau de segurança de ação muito grande pra evitar quando a melhora chegou a cena desagradável, mas pequena de mandar o médico embora. De resto foi a única morte do livro que me deu pena, senti do Hermógenes morrer. As outras mortes não. Você participa desses espíritos (Couto, Marques Rebelo, um bocado o Prudentinho também) sem gordura, extremamente, excessivamente lúcidos que por mais amantes da vida que sejam, não a podem ou não a querem contemplar como experiência, e sim a contemplam sempre como um resultado irremediável. Não sei se faço me compreender. Quero dizer: vocês não contemplam (fazendo arte ou só observando, é indiferente) a vida como uma realidade, mas como uma fotografia dessa realidade. Está claro que isto não quer dizer que você não seja capaz de descrever a realidade. Pelo contrário, o realismo que há no livro de você é admirável pela perfeição com que você escolhe os elementos do quadro ou caso ou sentimento que está compondo. Mas desisto. Não consigo me explicar bem. O resultado porém dessa qualidade de espírito que é o de você, é uma espécie de desautorização sistemática das grandes formas gerais da vida. Neste livro, você se pegou à morte, ao defunto. E tanto a morte como o defunto saíram completamente desautorizados.

Isto não é censura, é observação da qualidade do seu espírito. Observação que me é tanto mais necessário fazer que sou ingenuão bem nortista e demagógico, no pólo oposto ao de você. Se eu fosse rei, Licurgo ou Hitler ou Stálin, mandava queimar seu livro na praça pública e expulsar você do meu reino sem sábios. Mas guardava um exemplar escondido só pra mim. E quando lesse, como quando leio, leria com saudades. De você? Não propriamente. Seria com saudades vagas, assim com uma humildade nortista, vago desejo (um pouco envergonhado de si) de ser também dessas serenas alturas da imparcialidade. É isso, puxa como custou! A qualidade específica do seu espírito é isso: a imparcialidade. E não tem nada no mundo como a imparcialidade pra reduzir esta coisa criminosíssima e bestíssima que é a vida, a pó de traque. Achei enfim o que estava procurando te dizer.

E paro fatigado. Está um calor, você nem imagina. Deitei depois do almoço, mas não pude dormir. Então vim escrever esta carta suja de sono e moleza. Mas com uma enorme admiração pelos *Velórios*.

Ciao

Mário de Andrade

Velórios• [Manuel Bandeira]

Mais de uma pessoa já me perguntou o que significa essa palavra "velório", que intitula o livro de contos de Rodrigo M. F. de Andrade. Não eram, está claro, cariocas. Creio, com efeito, que se trata de uma expressão do linguajar carioca, embora não tenha sido incluída pelo professor Nascentes na sua brochura relativa ao assunto.

Dizer-se que velório é a cerimônia de velar um defunto não basta para definir psicologicamente o ato. Em toda a parte do mundo se vela defunto. Mas talvez só no Rio se vele da maneira por que o descreve com tão fino senso de observação o malicioso mineiro que é o nosso Rodrigo. O estilo, se assim podemos dizer, do velório carioca é o que ele mesmo chama de "conversa mole". A conversa mole é irresistível. Veja-se por exemplo no conto "Seu Magalhães suicidou-se" a atitude, a conduta de Seu Aderne. Estabelecida "a cordialidade efusiva" do pessoal do plantão mortuário, Seu Aderne ouve uns fragmentos de conversa sobre uma rodinha de *poker*, e afasta-se irritado, perguntando a si próprio como se podia entreter ali uma conversa daquelas... No entanto, daí a pouco surge uma criada amável com uma bandeja:

"— O senhor é servido?"

Quase sempre é café que vem. Desta vez foi vinho do Porto e biscoitos Maria. Seu Aderne, que não tinha jantado, gostou do vinho e dos biscoitos, acendeu em seguida um cigarro, e "insensivelmente", diz o autor dos *Velórios*, "foi sendo atraído pela conversa"

• Publicado em *Boletim de Ariel*, RJ, 1936.

de um certo Vilaça, que contava num grupo as tratantadas de um mulato que passara a perna em todo o mundo e lascara na praça um prejuízo de mais de seiscentos contos...

Ninguém imagina a solércia envolvente da conversa mole de um "velorista" consumado. Há alguns que não se constrangem nem mesmo diante das pessoas mais diretamente afetadas pelo passamento. Lembro-me de que no velório de meu pai (foi no necrotério de uma casa de saúde — horrível) um sujeito — naturalmente com a caridosa intenção de aliviar o meu estado de espírito — tentou envolver-me na sua conversa mole.

Nem sempre o velório carioca fica circunscrito nesse terra-a-terra do ambiente familiar, como o descreve Rodrigo. Se aquele sujeito que poderia ter sido "o Príncipe dos Prosadores" fosse realmente o Príncipe dos Prosadores, teríamos então o velório de proporções públicas, o grande velório, em que toda irreverência se desmancha num movimento de formidável lirismo. Foi assim o velório do Zeca Patrocínio na igreja do Rosário dos pretos, e o de Sinhô, no necrotério do Hospital Hahnemaniano.

O livro de Rodrigo traz como epígrafe a frase de Montaigne: *Et n'est rien de quoi je m'informe si volontiers que de la mort des hommes.* Mas um crítico do Norte, Olívio Montenegro, já observou que o mineiro se interessa nestes contos menos pela morte em si do que pelas reações dos vivos em face da morte, as reações "dos que ficam"; não tanto por Seu Ernesto, como pela viúva de Seu Ernesto, pelas irmãs de Seu Ernesto.

Por falar nisso: conheci este Seu Ernesto. Há entre os contos de Rodrigo alguns que são inventados, como "O nortista" e "Seu Magalhães suicidou-se" (para mim o melhor do volume, o mais bem composto); outros são transposições da realidade, mas transposições executadas com uma segurança de mão que as equipara à invenção. "O enterro de Seu Ernesto" é desta categoria. Seu Ernesto era na sua humildade de vida um sujeito admirável, mais herói do que a maioria dos heróis que enchem a boca de toda a gente. A morte de Seu Ernesto deu para um conto; a vida daria para um romance. Rodrigo podia escrever esse romance.

Mas que não escreva esse: tem que escrever outro. Porque os contos dos *Velórios* revelam raros dons de observação e composição, de expressão também, tudo muito pessoal, muito diferente da maneira dos outros, principalmente da maneira atual. O tom, por exemplo, é reservado enquanto o escritor comete indiscrições ferinas sobre os mais íntimos ou mais escabrosos sentimentos que observou em si ou no próximo. A sua musa é a mesma de Machado de Assis — aquela D. Severina de braços perturbadores, mais perturbadores que o corpo inteiro das outras mulheres, mas uma D. Severina que vai um pouco mais longe, e deixa ver os braços até às axilas...

Em torno de velórios• [Sérgio Buarque de Holanda]

Em um dos prefácios que redigiu para suas obras completas, observa Henry James como, de simples alusões jogadas descuidadamente e ao acaso no curso de conversas, pôde originar-se a maioria das narrativas que tomaram forma em seu espírito.•• A expressão "germe" serve para designar, em seu vocabulário, esse quase nada — desgarrada sugestão, palavra errante, vago eco —, que não precisa e não deve mesmo ser intencionalmente formulado.

Ao contato da preciosa partícula, reduzida aqui à sua essência mais fecunda, a imaginação do novelista se contorce, como tocada pela ponta de uma agulha. Pouco mais do que esse mínimo bastaria para inutilizar a "operação". O tema há de desenvolver-se daquela semente, da pequenina mancha de verdade e de beleza, quase invisível a olho nu e ainda expurgada de acessórios inúteis: os farrapos de vida em que estivera envolta. A arte, que toda ela é discriminação e seleção, enquanto a vida não passa de "inclusão e confusão", sabe discernir com certeiro instinto os rígidos valores latentes da existência, únicos que lhe podem verdadeiramente interessar.

Esse processo de que nos oferece exemplos tão sugestivos o próprio livro de apontamentos de James, ultimamente publicado, não se refere, é claro, a todos os domínios da literatura de ficção. Não se refere em particular ao romance, que este, procurando

• Publicado no jornal *Diário de Notícias*, RJ, 1948.

•• Cf. Henry James. *The Art of the Novel. Critical Prefaces*, Nova York/Londres, 1948.

copiar a verdade da vida em toda a sua "inclusão e confusão", há de constituir desafio permanente, não já aos critérios estritamente formais, como a toda apreensão da realidade feita através de certos elementos inefáveis, que parecem relacionar a arte do conto antes à visão do poeta do que à observação do romancista, e que em verdade constituem a incógnita de seu raro encanto.

E justamente porque a arte do conto depende em grande parte desse princípio inefável, pode-se dizer que seus processos escapam a qualquer tentativa rigorosa de sistematização. Quase tudo decorre aqui da capacidade de atingir algumas formas mais esquivas da realidade, que, uma vez captadas, ajudam a operar-se a discriminação e a seleção requeridas pelo gênero.

Mas o próprio espetáculo da vida não deixaria, por si, transluzir, algumas vezes, um pouco daquela verdade latente, que as aparências habituais dissimulam? Não é o bastante, em muitos casos, um breve estorvo no ritmo normal da existência, para logo aflorar à superfície a fauna de um reino que os interesses, as vaidades, as hipocrisias dos homens procuram constantemente sepultar? Forçando um pouco a comparação, cabe ainda perguntar se, graças a esses estorvos ocasionais, a vida não oferece diretamente ao contista o equivalente dos elementos germinais de que nos falou Henry James.

Ocorrem-me estas reflexões a propósito de um pequeno livro de contos de 150 páginas apenas, que impresso em Belo Horizonte há mais de dez anos ainda conserva toda a sua atualidade. Não sei se aos admiradores de Rodrigo M. F. de Andrade, que neste mês de agosto de 1948 festejam o cinqüentenário do notável estudioso dos problemas de história da arte brasileira, que hoje dirige o Departamento do Patrimônio Histórico e Artístico Nacional, veio a lembrança de assinalar o grande valor de sua contribuição neste ramo da literatura. De qualquer modo a oportunidade da comemoração é o motivo para se falar neste livro, que, publicado em pequena tiragem, nunca chegou a alcançar a repercussão merecida.

Em *Velórios*, editado em 1936 pelos "Amigos do Livro", o refrão da morte, que assegura a unidade e justifica o título da obra, não visa compor um *décor* previamente estipulado e nem impregnar de uma atmosfera cuidadosamente lúgubre a trama das narrativas. Em sete, pelo menos, das oito histórias que abrange o volume, é precisamente este motivo reiterado o que vai determinar, de cada vez, o transtorno e o choque necessários para que se rasgue a cortina dos escrúpulos superficiais, deixando entrever um mundo que ela tem por missão habitual ocultar.

Pode-se dizer que aqui a sombra da morte apenas resvala de leve sobre os acontecimentos, o bastante para que se insinue em um relance esse purgatório subterrâneo onde os indivíduos e os sentimentos que os animam só saem à tona e alcançam, enfim, o reino das convenções e das conveniências exteriores, depois de lavados de alguns dos seus traços mais crus ou mais ridículos.

Só em algum caso excepcional o choque chega a ser tão forte que pode abalar fundamente a existência diária dos personagens. Como associar por exemplo o suicídio de Seu Magalhães à lembrança daquele homem de exemplar sensatez e de costumes tão regrados, que o sócio se acostumara a estimar durante numerosos anos de trabalho em comum? Ao inesperado da notícia do suicídio que perturba a imagem familiar do velho companheiro e faz vislumbrar um indivíduo de todo desconhecido, "tipo perigoso e traiçoeiro", sucede a revelação surpreendente, feita por D. Matilde, das relações irregulares que ele chegara a manter com as próprias cunhadas. "Tanto com uma como com outra, ele ficava horas e horas naquele quarto dos fundos, como coisa que andasse cuidando só de colar selo na tal coleção dele". A morte não é aqui, seguramente, como em tantos outros casos, simples e casual transtorno, parêntese aberto para logo se fechar na mediocridade de vida circunstante; é, sim, o preço pago pelo descobrimento súbito de um pecado que só por si já reclama a proteção das trevas.

Em geral, porém, a arte deste contista, feita sobretudo de sugestões, não precisa de enredos dramáticos e espetaculosos. Nada "*acontece*" aqui, e a própria morte é fato como os outros, somente um pouco menos usual, e que introduz, assim, uma pausa quase insensível na vida quotidiana e normal. Por isso a história do suicídio de "*Seu*" Magalhães foge, de algum modo, à regra comum.

Outro tanto, e com muito maior razão, pode-se dizer do conto intitulado "O nortista", o último do livro. No caso seria talvez lícito pensar que a morte de Hermógenes Viana tem a função de simples pormenor ornamental, se não servisse para criar aquela vaga atmosfera de dúvida e remorso que envolve o final da narrativa. Seja como for, não representa o motivo central do conto, e sim um recurso de que se serve o autor para esfumar um pouco a agressiva nitidez dos traços com que se apresentara o personagem.

O motivo central, motivo, sem dúvida, dos mais ricos e cheios de sugestões que se podem oferecer a um novelista brasileiro, é exatamente o caso do provinciano que fôra ao Rio de Janeiro para "vencer na vida" a qualquer custo, e conseguira seu intento mobilizando uma atividade sem freios, servida por exibicionismo insopitável. O tecido da narrativa é feito do surdo contraste entre a extroversão e a vulgaridade de Hermógenes e a discrição do especialista que ele tinha contratado (no fundo só para poder divulgar, através dos jornais, que embarcara "acompanhado de seu médico-assistente"). A história desenvolve-se de modo progressivo; não se trata agora de simples apresentação de uma "situação" suscitada pelo episódio da morte do personagem. Constitui, assim, menos um conto do que uma novela ou um romance abreviado, e não é por acaso que chega a ocupar quase a terça parte de todo o volume.

Nas outras histórias, a morte, simples desmancha-prazeres, se tanto, acontece, de modo quase invariável, antes de principiada a narrativa, e então o título *Velórios* se justifica rigorosamente. O papel desse motivo central está em que há de determinar o ambiente propício para que se denuncie em sua verdadeira fisionomia, ordinariamente velada, o pobre material humano que se agita no livro.

Em regra ela não provoca nos circunstantes nenhum movimento de pesar aparentemente sincero, mas é simples ocasião e bom pretexto para expansões de outra natureza. Quando morreu Martiniano, Dona Ismênia serviu-se da desculpa a fim de recriminar os supostos perseguidores do marido defunto, responsabilizando-os pelas contínuas preterições deste na carreira militar. Se durante algum tempo interrompe as pragas, é que se reserva "para reiniciar o berreiro injurioso com mais vigor, assim que a audiência lhe parecesse satisfatória". No enterro de "Seu" Ernesto, as irmãs do morto encontram apenas uma ótima oportunidade para afetarem, contra a cunhada, a pretensa superioridade de seus sentimentos e da sua educação. No conto "Iniciação", o choque de Pedro ante a notícia da morte desastrosa de Zulmira, a antiga criadinha da casa, é ditada unicamente pela lembrança do próprio pecado e pelo pavor do castigo eterno. No único caso em que vamos encontrar uma aparência de compunção sincera, as lágrimas que a linda moça loura enxugou nos olhos verdes, diante do corpo do Príncipe dos Prosadores, não é considerada sem um comentário reticencioso.

No contraste entre a sordidez e a mediocridade desse pequeno mundo e os admiráveis efeitos que delas consegue tirar, reside a arte desse contista. Ela não comporta, em verdade, nenhum esforço de análise meticulosa, mas a exposição pura e simples do material. A presença do autor mal se faz perceber, porque as situações apresentadas têm seu próprio cunho, seu próprio ritmo e sua forma própria, que não vem de fora, imposta por algum capricho mecânico. Cessado o momento de translucidez, necessariamente conciso, em que é dado contemplá-la, a vida há de voltar com certeza ao seu aspecto "normal", as personagens adquirirão de novo o mínimo de respeitabilidade indispensável para o trato corrente, e tudo entrará em uma seqüência mais lógica.

A afinidade indisfarçável entre a arte do conto, ao menos como a pratica o autor de *Velórios*, e a da poesia – que volta aparentemente a ocupar as gerações de hoje, tanto como a do romance ocupara as do período entre as duas grandes guerras –

faz acreditar numa renovação do interesse por este gênero. E tudo faz prever, neste caso, que a obra do sr. Rodrigo M. F. de Andrade não tardará em ocupar o alto lugar que lhe compete em nossa atual literatura.

A prosa do grande amigo• [Antonio Candido]

O melhor meio de sentir um amigo ausente, quando o amigo é escritor e desejamos pensar especialmente nele, consiste em ler as suas obras. Para celebrar conforme esta receita os setenta anos de Rodrigo Mello Franco de Andrade, reli bem devagar os oito contos admiráveis de *Velórios*, editados sem data pela quase fantástica Amigos do Livro, de Belo Horizonte.

Naturalmente, li o tempo todo numa espécie de balanceio entre a realidade suficiente de cada história e o desejo de sentir através dela a presença do amigo exemplar. Método condenável, método criticamente inaceitável e por isso mesmo agradabilíssimo, que acaba por suscitar uma espécie de voz narrativa manifestando ao mesmo tempo o autor e o amigo, num traço que é a fusão de ambos: o estilo.

As qualidades da conversa de Rodrigo aparecem no substrato de sua prosa, ambas ao mesmo tempo elaboradas e espontâneas. Como em sua fala corrente, a elaboração motiva uma espécie de pitoresco sem pitoresco, uma peculiaridade que torna natural o que poderia às vezes ser rebuscado e equilibra a expressão na confluência da ironia, da terna curiosidade e uma espécie de sexto sentido, consistente em dar relevo ao que é banal, familiarizar o que é excepcional.

— Tem visto Otávio Tarquínio? — perguntei-lhe faz muitos anos.

• Publicado em *A lição de Rodrigo*, D.P.H.A.N., Recife, 1969.

— Meu querido — respondeu —, não lhe digo nada. Outro dia fui encontrar o nosso preclaro ministro nas garras de uma gripe, profundamente acoelhado, tomado do maior nojo de tudo e de todos!

Trata-se de uma discreta injeção de insólito na rotina — dessacralizando o epíteto solene, dando expressividade ao banal por meio da hipérbole comicamente afetuosa e, sobretudo, estabelecendo ligeiras distorções semânticas com ânimo de metáfora familiar. O mesmo ocorre na linguagem dos seus contos, cuja simplicidade artificiosa produz uma espécie de promoção do real. Como é possível que a vocação que os gerou não tenha gerado muitos mais? Como é possível que a república das letras tenha aceitado que assim fosse?

De fato, tanto nas pequenas manchas como "O Príncipe dos Prosadores" quanto nos entrechos complexos, como "O nortista", atuam com o maior relevo as melhores qualidades de narrativa, apoiadas numa técnica insinuante que se poderia chamar de digressão essencial. No primeiro dos contos citados, por exemplo, o título nada tem a ver com a matéria básica, mas nasce de uma entrada exterior a ela. Um companheiro de velório diz ao narrador que o morto teria sido, se quisesse, o príncipe dos nossos prosadores; durante a troca de idéias a respeito surge brevemente a moça loura que os cativa e que se ligara ao morto, seu concunhado, por não se sabe que vínculos mal pressentidos; entra a viúva chorando e a cena acaba casualmente, como começara. Mas fica um romance qualquer, mais lídimo do que a possibilidade sugerida no título, deste modo justificado em mais de um sentido possível.

Nos contos maiores encontramos quase sempre uma concatenação análoga de fatos marginais e atos aparentemente desligados, que formam na verdade a trama da vida. O essencial não existe aqui destacado por preparação, no sentido em que se "prepara" uma lâmina ou material qualquer de experiência; mas dissolvido na matéria digressiva, que é a própria substância do enredo.

Essa marcha sinuosa e eficaz é evidente no conto final, "O nortista", onde as experiências pessoais do médico narrador no pequeno universo da roça mineira parecem desligar-se a cada passo do personagem central; mas a narrativa volta a este cada vez mais complexa, ele vai aparecendo cada vez mais cheio de facetas, até que o jogo entre as duas linhas acaba criando um mundo no sítio em que ele tenta irradiar a sua energia cativa. Quando ele morre, afinal, o que a certo momento pareceu titanismo de anedota acaba reduzido pela morte a uma espécie mais pungente de fracasso, e a retórica vital do deputado tuberculoso se transforma no apego humilde ao caipira objeto de sua troça, ao representante do mundo modesto onde morreu. O narrador fica de fora, como de fora permanecerá o tempo todo, desencontrado da humanidade abestalhada do doente, procurando encontrar-se na periferia do sítio. Tomei estes dois contos como casos-limite, mas não é deles que mais gosto. Gosto mais, por exemplo d' "O enterro de Seu Ernesto" que é mais concentrado e percorrido pela fuga defensiva da viúva, retomando obsessivamente as alegações de medo e auto-defesa, desabrochadas por fim num rompante de literatice automática, que instala na pessoa o convencionalismo do papel social e transforma o sentimento, embora verdadeiro, em manifestação tão mecânica quanto o enterro.

Este conto representa de maneira pura um traço extremamente moderno da ficção de Rodrigo Mello Franco de Andrade: o realce da situação concreta, a sugestão da vida pela descrição exata dos aspectos de uma realidade que o autor isola como um sistema de elementos, formando uma estrutura significativa. Não naturalismo nem reportagem, mas composição a partir do real, sem interpretação ostensiva; tudo repousa na imanência dos elementos descritos e articulados intencionalmente para um certo efeito.

Mas talvez o conto que eu prefira seja "Martiniano e a campesina", exemplar como fatura dentro das normas do autor. Nele temos uma admirável *situação*, que é geralmente o seu estímulo mais feliz. Em torno, os elementos digressivos (passado, intercorrências, associações) mantidos aqui na proximidade do tema por uma rédea mais curta que outras histórias do livro. Afinal os traços recorrentes (sobretudo a lamentação grosseira e inconveniente da viúva), que serpeiam em geral nos seus contos como um traço musical de união. E envolvendo tudo a admirável maestria da prosa, construída com uma ironia que recobre a desgraça banal das existências, quando apresentadas no seu dia-a-dia.

Neste, como nos outros contos, surge a cada instante a forte originalidade de Rodrigo, o seu classicismo moderno, a extrema felicidade das suas expressões, que logo parecem erigir-se em fórmulas e que mantêm a nossa convivência com a sua personalidade, além da página escrita. Já se vê que para matar saudades desse "amigo ausente", no dia dos seus setenta, é recomendável a gente nutrir-se da sua prosa singular — ou traçá-la, como diria ele.

TIPOLOGIA Swift 10/14
PAPEL Alta alvura 120 g/m²
IMPRESSÃO Geográfica
TIRAGEM 3.000